集中外名家经典科普作品
全力打造科普分级阅读图书

YUZHOU ZHONG DE CHAOJI KONGLONG

宇宙中的超级恐龙

陈龙银 薛贤荣 薛艳 主编
崔志东 等编著

少儿科普精品分级阅读
（9～12岁）

北京师范大学出版集团
安徽大学出版社

图书在版编目(CIP)数据

宇宙中的超级恐龙/陈龙银,薛贤荣,薛艳主编;崔志东等编著. —合肥:安徽大学出版社,2015.9
(少儿科普精品分级阅读.9~12岁)
ISBN 978-7-5664-0972-0

Ⅰ.①宇… Ⅱ.①陈… ②薛… ③薛… ④崔… Ⅲ.①阅读课－小学－课外读物 Ⅳ.①G624.233

中国版本图书馆CIP数据核字(2015)第150915号

出版发行	北京师范大学出版集团
	安徽大学出版社
	(安徽省合肥市肥西路3号 邮编230039)
	www.bnupg.com.cn
	www.ahupress.com.cn
印　　刷	合肥添彩包装有限公司
经　　销	全国新华书店
开　　本	170mm×240mm
印　　张	7.75
字　　数	80千字
版　　次	2015年9月第1版
印　　次	2015年9月第1次印刷
定　　价	15.80元
ISBN 978-7-5664-0972-0	

策划编辑:钟蕾		装帧设计:徐芳 李军	
责任编辑:谢莎 杨序		美术编辑:李军	
责任校对:程中业		责任印制:赵明炎	

版权所有　侵权必究

反盗版、侵权举报电话:0551—65106311
外埠邮购电话:0551—65107716
本书如有印装质量问题,请与印制管理部联系调换。
印制管理部电话:0551—65106311

顺应时代需求，荟萃科普精品

陈龙银　薛贤荣

在多地为青少年举办的"好书推荐"与"最受欢迎的图书评比"活动中，科普书往往占有相当大的份额。不仅家长和老师希望孩子多读科普书，以汲取知识、启迪智慧，孩子们自己也非常愿意阅读此类书，觉得它们对自己的成长有所裨益。

科普书（包括科幻书）是科学与文学相结合的书，此类书的萌芽在中国最早可以追溯到20世纪初叶。

晚清时期，中国的知识分子就开始思考用含有科学知识的文学作品作为工具，启迪民智、更新文化。梁启超在1902年发表的《论小说与群治之关系》一文中，就强调了包括"哲理科学小说"在内的新小说对文化改良的巨大作用，并翻译了《世界末日记》《十五小豪杰》等西方科幻小说。鲁迅则认为"导中国人群以进行，必自科学小说始"，还翻译了凡尔纳的《月界旅行》《地底旅行》等科幻小说。《新中国未来记》《新石头记》《新纪元》《新中国》……早期科幻文学的一个个"新"，表达了工业化基础上民族复兴的渴望，所有主题都绕不开对现代性的追求。

新中国成立后，特别是改革开放以后，科普书都出现过创作、出版与阅读的高潮。近年来，科普作品进一步与民族、国家复兴的中国梦联系起来。在审美功能不断提升的前提下，科普作品不仅被赋予了教育价值，还肩负起构筑民族国家精神、引导民族国家复兴的政治理想。其价值与作用达到了前所未有的高度，在青少年读物中，尤其如此。

本丛书就是在此大背景下隆重问世的。

科普作品的作者一般分为两大类：一是文学工作者，他们在文学作品中加入科学知识并期盼这些知识能得到普及；二是科学工作者，他们用文学的手法向读者介绍科学知识。具有科学知识的文学工作者与具有文学素养的科学工作者并不是很多，因而，就具体科普作品来说，要想克服忽略生动与感染力的通病，达到科学与文学水乳交融的境界，绝非易事。正因为如此，优秀的科普作品，总量是不多的。

打破地域、时空和作者身份的限制，广泛搜集科普精品，再按内容与读者年龄段精心编排，使之成为一套科普阅读的精品书，这就是本丛书的编选方针。书中设置的许多栏目，贴近孩子、贴近生活、贴近现实；即使介绍常见的动植物知识，也精心编排，设置了许多有趣的标题；对于当前普遍关注而又存在认识误区的话题，如食品安全、绿色环保、转基因利弊，等等，在选文时予以重点倾斜，对于事实上不正确而大多数人却认为正确的所谓"通说"，书系中则精心选用科普经典作品予以纠正。

本丛书的特点还体现在以下几个方面：

其一是分级，从小学到初中共分为9本，每年级一本。从选文到编排，都充分考虑到各段读者的不同特点。如考虑到一二年级段的小学生识字不多，注意力很难持久集中，理性精神尚未觉醒，等等，在选文时多选短文，多选充满童心童趣的童话、生活故事，尽量避免出现难以理解的专业术语，加注拼音。到了初中段，读者的理解力已经很强了，则篇幅可以长一点，专业术语出现的频率也相对较多。总之，坚持"什么年级读什么书"和"循序渐进""难易适中"的原则，以免出现阅读障碍。

其二是保护、激活小读者求知与想象的天性。求知和想象本来是孩子的天性。然而，现在灌输式的教育使孩子的学习压力越来越大，家长和学校重视对知识和技能的生硬灌输，要求他们死记硬背，以应付考试，却忽视了对于孩子想象力的保护和培养，一定程度上抑制了孩子的天性。本丛书力求让小读者轻松阅读、快乐阅读，力求所选作品能够给孩子提供丰富的想象天地，可供孩子的思维无拘无束地遨游，保卫孩子的想象力，开发孩子的创造力；最大限度地抚慰孩子的心灵，让他们得以充分展现自我。

其三是让小读者在获得科学知识的同时培养科学精神。科普作品是立足现实、面对未来的，了解知识固然重要，但对于正在成长的少年儿童来说，将他们的目光导向未来，激发他们去探索科学的真谛，为科学献身，则更加重要。这套书在培养他们的科学献身精神以及对科学思想、科学方法的熏陶，作用同样不可低估。

 目录

第一辑
动物奇境故事

苍蝇要尾巴	2
蝙蝠的故事	6
有趣的昆虫运动会	9
蝉的音乐	11
燕子求学	13
章鱼妈妈教孩子	16
谁杀了狼蛛先生	20
杜鹃鸟和苇莺的争论	24
谁伤害了小树	28
杀害刺猬的是谁	33
棘胸蛙智杀鹞鹰	37
仓鼠兄弟	39

第二辑 植物王国趣事

虫眉兰的"绝招"	44
植物的"旅行"	46
植物真的有情感吗	49
树上长"面条"	51
"绿带"是怎么来的	53
会报时的花钟	55
引种甘薯	58
向日葵的传说	61
何首乌的传说	64
金鸡纳树的传说	66
草原之王——尖茅草	68
飘飞的蒲公英	70

第三辑 大自然寻秘

冬虫夏草的来历	74
橡树智斗害虫	76
昆虫们的过冬办法	78
"魔谷"之谜	81
秋天的蝴蝶	83
年轮告知方向	87
真正的森林	89
神奇的琥珀	92

**第四辑
生活与科技探奇**

宇宙中的超级恐龙——黑洞	96
狐狸卖鸡蛋	100
小青蛙的一家	103
小猪减肥	106
小猴吃瓜子	110
小熊吃鱼	112

第一辑
动物奇境故事

动物世界的奇闻真不少，动物们的奇事多又多。

苍蝇要到尾巴了吗？你观看过昆虫们的运动会吗？蝉是怎么奏乐的？章鱼妈妈教孩子学什么呢？谁杀了狼蛛先生？又是谁伤害了小树？杀害刺猬的是谁？……

一个个疑问就在迷人的童话里，一个个悬案就在精彩的故事中。

读了下面的趣味故事，你一定会掌握很多有趣、新颖的动物知识。

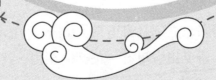

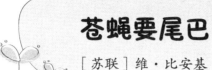

苍蝇要尾巴

[苏联]维·比安基

苍蝇飞到人面前,对人说:"你们人类什么都会做,给我安一条尾巴吧!"

"你要尾巴干什么?"人问道。

"所有的野兽有尾巴,不都是为了好看嘛!"苍蝇说,"我要尾巴,也是为了好看。"

"我还没听说过,有哪种野兽长尾巴是为了好看。再说,你没有尾巴,不也活得好好的吗?"人说。

苍蝇一听生了气,就给人捣起乱来了:一会儿落在人吃的甜点心上,一会儿落在人的鼻子上,一会儿在人的左耳旁"嗡嗡"叫,一会儿在人的右耳旁"嗡嗡"叫。

人被他吵得实在受不了啦,就对他说:"唉,好吧,苍蝇,你飞到田野里去吧,飞到河边去吧,飞到树林里去吧!要是你在哪儿能找到一只单是为了好看才长尾巴的飞禽走兽或者爬虫,那你就可以把他的尾巴拿去,我许可你拿。"

苍蝇听了很高兴,立刻从窗里飞了出去。

他飞过花园,看见田野里有一条蛞蝓在爬,就飞到蛞蝓跟前,大声叫道:"蛞蝓,把你的尾巴送给我!你长这条尾巴是为了好看。"

"这叫什么话呀!这叫什么话呀!"蛞蝓说,"我是腹足动物,我根本没有尾巴,这是我的肚子。我的肚子一缩一放、一缩一放,才能往前爬。"

苍蝇发现自己搞错了,就往前飞去。

他飞到小河边,小河里有一条鱼和一只虾,他们俩都有尾巴。苍蝇对鱼说:"把你的尾巴给我吧!你长尾巴是为了好看。"

"才不是为了好看呢!"鱼回答,"我的尾巴就像舵一样。你看,我需要往右拐弯的时候,就把尾巴往左摆;需要往左拐弯的时候,就把尾巴往右摆。我的尾巴是掌握方向的。我可不能把尾巴送给你。"

苍蝇对虾说:"虾呀,把你的尾巴给我吧!"

"我不能给你,"虾说,"我的脚又细又弱,我不能用脚划水。我的尾巴倒是宽大有力。我用尾巴一拍水,身子就往前游。我的尾巴是当桨用的。"

苍蝇继续往前飞。他飞到树林里,看见啄木鸟蹲在树枝上。苍蝇飞到啄木鸟跟前说:"啄木鸟,把你的尾巴给我吧!你长这条尾巴,只是为了好看吧?"

"你说得这是什么话!"啄木鸟回答,"我要是没有这条尾巴,还怎么凿树干?怎么给自己找食吃?怎么给孩子们造窝?"

"你用嘴好了。"苍蝇说。

"嘴当然是用得着的,"啄木鸟回答,"不过,没有尾巴也不成。喏,你看,我是怎么样凿的。"

啄木鸟把又硬又结实的尾巴支在树皮上,把整个身子一晃,嘴对准树干凿了下去,只见木屑一阵乱飞……

苍蝇一看,不错,啄木鸟凿树的时候,的确是坐在尾巴上的,他离了尾巴是不行的。尾巴是他的支柱。

苍蝇又往前飞。

他看见矮树丛里有一只母鹿,带着几只小鹿正在玩耍。母鹿的尾巴毛蓬蓬的,很短,呈白色。苍蝇"嗡嗡"地叫了起来:"母鹿,把你的小尾巴送给我吧!"

母鹿听了大吃一惊。

"你在说什么！你在说什么！"母鹿说，"如果我把尾巴给了你，那我的小鹿都得丢了。"

"你的尾巴对小鹿有什么用处？"苍蝇惊讶地问道。

"当然有用，我的尾巴是指挥孩子们的交通棒。"母鹿说，"比方说，有狼来追我们的时候，我得带着孩子们藏到树林里去。如果他们看不见我，我就摇我的小白尾巴，像摇手帕似的，表示'往这边跑呀，这边！'他们看见前面有个白东西一闪一闪，就紧紧地跟在我后面跑。这样，我们一家子就都可以逃命啦。"

没有办法，苍蝇只好再往前飞。

他飞了一会儿，碰见一只狐狸。嗬！这条狐狸尾巴真漂亮！蓬蓬松松，火红火红的，美丽极了！

"好呀，"苍蝇心想，"这条尾巴得归我了。"

于是他飞到狐狸跟前，对他嚷道："给我尾巴！"

"苍蝇，你在说些什么呀！"狐狸回答，"我要是没有尾巴，就活不成了。我要是没有尾巴，狗追我的时候，一下子就把我给捉住了。靠这条尾巴，我才能迷惑敌人。"

"那你怎样靠尾巴迷惑敌人呢？"苍蝇问道。

"等狗快要追上我的时候，我就甩尾巴！把尾巴往右甩，自己却往左逃。狗看见我的尾巴往右甩，就往右追。等他明白自己是搞错了的时候，我已经跑远了。"

苍蝇看到所有野兽的尾巴都是有用的，不论是在水里的动物，还是在树林里的动物，大家都没有多余的尾巴。没有法子，苍蝇只好飞回家去了。他想道："我只有继续跟人捣乱，闹得他心烦，他才会给我做一条属于我自己的尾巴。"

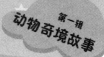

人正坐在窗口,眼睛望着院子。

苍蝇落在人的鼻子上。人"啪"地一巴掌,打在自己的鼻子上。哪知苍蝇已经飞上了他的脑门儿上。人又"啪"地一巴掌,打在自己脑门儿上,可是这时,苍蝇又飞回人的脸上去了。

"苍蝇,你别给我捣乱了!"人说。

"我就是不走",苍蝇"嗡嗡"地说,"我已经问过了所有的野兽,他们的尾巴,都是有用的,你还是给我做一条尾巴吧?"

人摆脱不掉苍蝇的纠缠,觉得苍蝇实在太讨厌!他想了想,说:"苍蝇,苍蝇,你看,院子里有一头牛,你去问问牛,他的尾巴或许可以给你。"

"好吧!"苍蝇说,"我再去问问牛,如果牛也不肯把尾巴送给我,人呀,我就非把你烦死不可!"

苍蝇飞出窗口,落在牛背上,一个劲儿"嗡嗡"地叫:"牛呀,牛呀,你要尾巴干什么?牛呀,牛呀,你能把尾巴送给我吗?"

半天,牛也没作声,后来突然用尾巴往自己背上一抽,恰好打中了苍蝇。

苍蝇摔了下去,六脚朝天,断了气。

人坐在窗口,说:"苍蝇,你这叫活该!你不应该找人麻烦,也不应该找动物们麻烦。你太讨厌了!"

知识链接

蝇,昆虫纲,双翅目。种类较多。在中国最常见的为舍蝇。体长6~7毫米,密生短毛,灰黑色,胸背有斑纹4条,无金属光泽。口器适于舐吸。复眼大,触角短而具芒。仅有1对前翅,后翅退化为平衡棒。幼虫称为"蛆",白色,无头和足,孳生于粪便和垃圾等污物中。

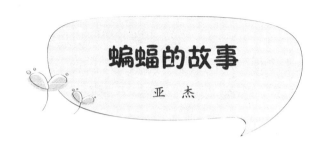

蝙蝠的故事

亚 杰

很久很久以前，鸟和兽之间发生了一场战争。他们打得难分难解。

蝙蝠看见了，心想："我该帮助哪一边呢？唉，对了！我应该站在一旁观看，谁打赢了，我就站到谁那边。"

不久，蝙蝠发现兽们作战勇敢，将要取得这场战争的胜利，她连忙跑到兽的队伍里。

狐狸参谋长十分聪明，一下子发现了她，走上来查问："你是谁？是鸟儿们的间谍吗？"

"我是蝙蝠，参谋长先生，我不是鸟。"蝙蝠慌慌张张地解释道，"不信你看，我有牙，我的翅膀是在进化过程中由前肢演化而来，是由我们的爪子之间相连的皮肤（翼膜）构成的，除翼膜外没有羽毛，全身其他地方都覆盖着毛，我和你们一样，胎生哺乳，也是哺乳动物呢。"

狐狸参谋长上上下下仔细地打量了她一番，最后点点头，收下了她。

战争继续进行着……没过多久，蝙蝠又发觉鸟儿们将要取得这场战争的胜利，她动摇了，急忙偷偷地溜进了鸟的队伍里。

善于指挥作战的猫头鹰队长发现了她，立即过来询问："你是蝙蝠吗？"

蝙蝠连忙紧张地答道："噢，报告队长，我……我是蝙蝠，我也是你们鸟中的成员啊。你看，我有翅膀，还有……"

"胡说！"猫头鹰队长突然瞪起圆眼睛，大声地说，"你骗不了我们的！我们鸟有角质喙，没有牙，而你有牙；我们翅膀上都有羽毛，而你的翅膀上却没有；我们会下蛋，是卵生动物，而你是哺乳动物。前两天，你还在兽的队伍里攻打我们。你是个间谍！来人啊，快把这个间谍赶走！"

一群鸟儿冲上来，赶走了蝙蝠。

过了一段时间，鸟和兽们开始讲和，他们从此不再打仗了。可是，他们谁也不愿收下蝙蝠。

从那以后，蝙蝠只能独个儿待着，白天不敢出来，只有等太阳落山后，才敢出来活动。

这只是一个古老的传说。其实，蝙蝠是对人类有益的动物。不信，你看——

有一天，两只蚊子想从窗户飞进屋，去叮一位熟睡的小朋友。突然，她们发现有只蝙蝠正倒挂在屋檐下。大蚊子吓得赶紧往回飞，小蚊子见了，奇怪地问："你怕什么呀？"

大蚊子惊慌地说："你没看见吗？有蝙蝠啊！"

"那有什么可怕的！"小蚊子不以为然地说，"她正在睡觉呢，我可不怕。不信，我去叮她一口。"

大蚊子连忙拦住小蚊子，说："千万别去！她的听觉可灵敏啦。我们一定要当心！"

"不用担心。她是个有名的高度近视眼，是看不见我们的。"小蚊子一边说，一边继续往屋里飞。大蚊子也只好跟着。

可是，她们刚飞到屋檐下，蝙蝠突然翻动身体飞了过来。两只蚊子还没反应过来，就进了蝙蝠的嘴里。

原来，蝙蝠在飞行的时候，喉里能产生一种叫"超声波"的声

波。当这声波遇上物体时，会像回声一样返回来。因此，蝙蝠能辨别出物体是移动的还是静止的，以及离她有多远。

科学家们也是根据蝙蝠的这种功能制造出了雷达。

知识链接

我们人类耳朵能听到的声波频率为20Hz～20 000Hz。因此，我们把频率高于20 000Hz的声波称为"超声波"。狗、海豚、蝙蝠等都有超乎人类的耳朵，可以听到超声波。

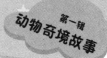

有趣的昆虫运动会

孔德兰

每年春天，昆虫们都要举办一场大型运动会。今年也不例外。

广场上的喇叭正在介绍有关事项："凡是靠足部运动为主的，可以根据特长，选择参加跳跃队或步行队；凡是以翅膀运动为主的，选择参加飞行队；对两项都参加者，运动会将增设全能奖项。"

广播完毕，昆虫们已经排好了队。

首先进行的是飞行比赛。这一队的昆虫大都2对翅膀——前翅和后翅；像蚊、蝇之类的昆虫只有1对前翅，后翅已蜕化成平衡棍了；而像介壳虫、袋蛾之类的昆虫更独特，只有雄性有翅膀，雌性没有，只好去参加别的队了。更可笑的是，像臭虫、跳蚤、虱子的翅膀完全蜕化了，只能参加跳跃队。

记录牌上显示的数字真让人吃惊：牛虻1小时连续飞行了40多千米，天蛾1小时竟连续飞行了50多千米！

跳跃队和步行队的比赛更有趣，他们之间并不是完全比速度，更多的是比表演技巧。

蟋蟀表演的是跳跃，他后腿强劲有力，能跳得很远。

螳螂表演的是抓捕猎物。他的前足长而有力，像一把大刀，上面还有许多小刺。他抓住猎物后，猎物动都动不了。

金龟子、蝼蛄表演的是挖掘，他们挖得尘土飞扬，一会儿就挖出了1个深洞。

你别看苍蝇个子小，可他的本领真不小。他刚参加了飞行大赛，又来参加步行技巧赛。只见他在玻璃桌面上快速地爬过，接着又爬上陡峭的墙壁，很快又爬上窗户。不管在什么地方爬行，他都像走平地一样，又快又稳当。

瓢虫和蟓象表演的是走T台。

蜜蜂表演收集花粉的本领，引得满场喝彩。

表演结束，昆虫们列队绕场行走。奇怪的是，他们走的路线并不直。原来，他们的6只足并不是同时前进的，而是身体左边的前、后足和右边的中足为1组，右边的前、后足和左边的中足为1组，2组交替运动。真有趣！

知识链接

昆虫一般具有这样的特点：身体分为头、胸、腹3个部分，每部分都由若干节组成。成虫有3对分节的足。大多数成虫的胸部长着2对翅膀，头上长着1对分节的触角，体内没有骨骼。

蝉的音乐

[法] 法布尔

蝉似乎是由于自己的喜爱而唱歌的。翼后的空腔里带着一种像钹一般的乐器。他还不满足,还要在胸部安置一种响板,以增加声音的强度。可见,蝉为了满足其对音乐的嗜好,确实牺牲了很多。因为这种巨大的响板,使得其他生命器官都无处安置,而不得不缩到身体的小角落里。为安置乐器而缩小自己内部的器官,这当然是极热衷于音乐的了。

但是不幸的是,他自鸣得意的音乐,完全不能引起别人的兴趣。通常的猜想是,他在喊同伴,然而事实证明这个见解是错误的。

蝉与我比邻相守差不多15年。每个夏天,将近2个月之久,他们的身影总不离我的视线,而歌声也不离我的耳畔。我通常都看见他们在箓悬木的柔枝上,排成一列,唱歌者和他的伴侣相并而坐,将自己的吸管插到树皮里,动也不动地狂饮。夕阳西下,他们就沿着树枝用慢而且稳的脚步旋转,寻找最热的地方。无论在饮水或行动时,他们从未停止过歌唱。所以这样看起来,他们并不是在叫喊同伴。因为你不会费时几个月,站在那里去呼喊一个正在你身旁的人。其实,照我想,就是蝉自己也不曾听他这种兴高采烈的歌声,他不过是想用这种强硬的方法,强迫别人去听而已。

蝉有非常灵敏的视觉。他的5只眼睛,会告诉他左右以及上方有什么事情发生。只要看到有谁跑来,他立刻停止歌唱,悄然飞去。然

而喧哗却不足以惊扰他，你尽管站在他的背后讲话，吹哨子，拍手，撞石子，他都满不在乎。要是一只麻雀，就是比这声音更轻微，即使他没有看见你，也一定会惊慌地飞去。这镇静的蝉却仍然继续发声，好像没有事一样。

有一回，我借来2支农民在节日里用的土铳，里面装满火药，就是最重要的喜庆事也只用这么多。我将它放在门外的箓悬木树下。我们很小心地把窗开着，以防玻璃震破。在头顶树枝上的蝉，不知道下面在干什么。我们6个人等在下面，热心倾听头顶上的乐队受到什么影响。"砰"！枪放出去，声如霹雳。一点没有关系，他们仍然继续唱歌，没有一只表现出被扰乱的样子，声音的质与量也没有些微的改变。第2枪和第1枪一样，也不产生影响。

经过这次实验，我们可以确定，蝉是听不见的。

知识链接

《昆虫记》是法国昆虫学家法布尔的重要著作。它用科学的方式记录了昆虫的生活，讴歌了生命的伟大。它被称为"昆虫的史诗"。

燕子求学

梁庆华

大家都知道"群鸟学艺"的故事：凤凰教鸟儿们学习搭窝，只有小燕子听得最认真，能坚持听到最后，学会用嘴衔来羽毛、树叶、草棒，混上自己的唾液，和着泥做个像碗一样的巢，下面还要垫上细草根和羽毛，而且巢是筑在屋檐下或是横梁上，这样的巢既结实又安全。

后来凤凰又开了几期讲座，教大家学习了更多的本领。每一期都有不少鸟儿来听，小燕子更是期期参加，而且是听得最认真的一个。

第一期凤凰讲的是怎样捉虫子。鸟儿们一听，觉得可笑，都说："捉虫子谁不会，用嘴啄就是。"他们没听凤凰讲几句话，纷纷飞走了。只有啄木鸟听了一会儿，于是知道如何敲着树干把树皮里的虫子叼出来。但最后凤凰讲的是更简便的方法——飞行时张着嘴，把飞虫迎入嘴内，虫子自己就进了嘴里，这多省力、多方便。可是这时这里的听众就只有小燕子了。所以他学到了真本领，而且主要吃蚊、蝇等害虫，他是益鸟，几个月就能吃掉25万只昆虫，人们当然都喜欢他，乐意保护他。

第二期凤凰讲的是如何过冬。凤凰说："如果在原地待着，可以找树上残留的种子或地上人们散落的食物吃。"麻雀听了，觉得这办法简单，拍拍翅膀飞走了。

凤凰又说："也可以在树缝和地隙中找些昆虫当食物。"山雀想：

这谁不会。听到这儿他也飞走了。

凤凰接着说:"如果胃口好,还能吃些浆果、种子什么的,或是改吃树叶,因为针叶树种在冬季是不落叶子的。"松鸡和雷鸟听后觉得这是个好主意。他们也飞走了。

凤凰休息了一会儿又讲了起来:"用尖嘴啄的方法,找出潜伏下来的昆虫的幼虫、虫蛹或虫卵是个很不错的办法,就是在冬天这样也能吃到荤食。"啄木鸟和旋木雀听了点点头,飞走了。

吸取前几次的教训,这回听到最后的还有不少鸟儿呢。小燕子当然也在其中。凤凰看了看小燕子他们,满意地笑笑说:"你们要是怕冷,或是想吃更丰富的食物,就飞到南方去,做候鸟。秋风吹来,树叶飘零时,就飞向南方过冬,去享受温暖的阳光和湿润的空气,那儿也不缺食物。到第二年春暖花开、柳枝发芽时再飞回来生儿育女、安居乐业。"

小燕子听得很认真。凤凰还告诉他:在夜深人静时迁飞最安全。迁飞前要记住巢的位置,来年再用,省时又省力。后来,小燕子们练就了惊人的记忆力,无论迁飞到哪儿,他们都能顺利地返回故乡,找到旧巢,或是再建一个新巢。有时,不识好歹的麻雀会来强占他们的巢,他们会群起而攻之;实在赶不走,就衔来泥土、树枝,封死巢穴。

凤凰见小燕子是真正好学的鸟,又传授他找水源的本领。如果你看到小燕子把羽毛插到某个地方,那儿一定能挖出水来。

"泥融飞燕子,沙暖睡鸳鸯。"天暖泥融,燕子忙于衔泥作巢,飞来飞去,这就预示着春天来了。你看他,体态轻盈,身体上部是蓝黑色的,下部白色没有条纹,胸部还有黑色横带,尾巴像两把锋利的镰刀,多漂亮呀!

知识链接

凤凰，亦作"凤皇"。古代传说中的百鸟之王。雄的叫"凤"，雌的叫"凰"，通称为"凤"或"凤凰"。常用来象征祥瑞。

章鱼妈妈教孩子

刘 峰

繁殖季节到了,一只栖息在浅海岩礁软泥处的雌章鱼快要做妈妈了,她每天都捕食鱼类、甲壳类等海洋生物,为的就是补充营养,好生出聪明、漂亮的宝宝。

不久,这只雌章鱼产下了一串串的卵,这些卵就像一串串的葡萄,亮晶晶的,个个圆润饱满。她真的要当妈妈了!雌章鱼心里甭提有多高兴了。从这以后,她紧紧地守着这些卵,寸步不离。为了让每个卵都能发育,她辛苦极了,总时不时地用触手翻动着他们,还要从漏斗中喷水,挨个儿为他们冲澡。

一天天过去,小章鱼终于出世了!望着一个个健康的宝宝,章鱼妈妈兴奋得流下了眼泪。此时她已经累得筋疲力尽,差点儿晕过去。她清楚地记得,不久前就有一只章鱼妈妈因为过度劳累而死去。

小章鱼出世后,不少同伴和朋友都来向章鱼妈妈表示祝贺。

一天,乌贼阿姨也来看她们了。小章鱼们不认识她,还以为她也是章鱼呢,都过来亲热地喊着"章鱼阿姨好"。章鱼妈妈笑着说:"你们弄错了,她是乌贼阿姨,又叫'墨鱼',但她并不是鱼,而是真正的贝类。她是游泳能手,会边喷水边快速前进,能游很远的距离,而且速度极快,人们叫她'海洋中的火箭'。她的腹内也有墨囊,遇到危险时会喷出墨汁,迷惑对方,自己便趁机逃跑。"

听妈妈这么一介绍,小章鱼们更感兴趣了。他们要和乌贼阿姨比

谁的触手多。

乌贼阿姨乐呵呵地说:"你们有8只触手,可我们有10只呢。"

正在这时,一条小鱼游来了,章鱼妈妈只轻轻伸出1只触手,就吸住了小鱼,把他送给乌贼阿姨当点心。

"妈妈好厉害呀!"小章鱼们高兴得舞动起来。

乌贼阿姨也连声夸赞:"是啊,你们头顶上有8只触手,像飘带一样,每只上有几百个吸盘,感觉灵敏,小生物只要被吸住,就根本逃不掉。多棒!"

送走乌贼阿姨,章鱼妈妈要宝宝们休息。她让宝宝们一部分住岩石缝里,一部分住岩洞中,还有一部分住到她用贝壳、石头垒的巢里。妈妈要宝宝们睡觉时留下两只触手"值班",要不停地向四面摆动,其他的触手可以蜷缩起来。这样,要是有危险的动物碰到"值班"的触手,宝宝就会立即醒来,释放墨汁并隐蔽起来。

第二天,他们要过一条很窄的缝隙去找吃的。这不难,因为他们是软体动物,身体柔软并富有弹性。可就在这时,章鱼妈妈一不小心被一只大虾咬住,她连忙断落被咬住的触手,逃了出来。但这只虾很快又追赶上来。章鱼妈妈迅速变色,一会儿是红色,一会儿是棕色,一会儿是紫色,把大虾弄得晕头转向,见大虾没了力气,她又用触手把他包围起来,接着喷射墨汁,大虾被麻痹了,一动不动,她和宝宝们便美美地吃起大虾来。

吓得不轻的宝宝问妈妈:"你的触手断了疼吗?和大虾打架时为什么要变颜色?"

章鱼妈妈笑笑说:"触手断掉后,伤口处的血管会极力收缩,不会流血,周围的皮会自行合拢,明天伤口就能完全愈合,很快又会长出新触手的。我们平时是褐紫色的,但和变色龙一样会随环境的变

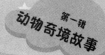

化而改变体色，我们还有喷出墨汁逃生的本领。这些你们都要学着运用。我们还有认路的本领——从不会搞错方向。"

原来自己有这么多本领，宝宝们感到十分自豪。

知识链接

乌贼分布于世界各大洋，主要生活在热带和温带沿岸的浅水中，冬季常迁至较深海域。常见的乌贼在春、夏季繁殖，每只约产100～300粒卵。

谁杀了狼蛛先生

陈 洁

啄木鸟是负责森林安全事务的管理员。这天,啄木鸟正在树干上"笃笃"地啄着,小麻雀突然飞过来,大叫着:"不好了!不好了!森林里出现杀手了!"

啄木鸟一听这话,立刻停止了工作,转身飞到麻雀的身边问:"快说说是怎么回事!"

麻雀停在树枝上,慌慌张张地说:"狼蛛先生被狼蛛太太杀了!我亲耳所闻,绝对真实。"

"狼蛛先生和他太太不是刚结婚吗?怎么会出现这种事?"啄木鸟不解地问。

"是啊,是啊!"麻雀说,"如果不是我亲耳所闻,我也不会相信的呀!"

"走,这事我们一定要查个水落石出!"啄木鸟说着,让小麻雀带路,径直向狼蛛家飞去。

"你能把你知道的情况大致描述一下吗?"啄木鸟边飞边说。

"这两天,狼蛛先生都在忙着织网,"麻雀说,"我问他干吗这么辛苦地工作,他一脸兴奋地说,他要结婚了。我今天没找到狼蛛先生,我问狼蛛太太,她说,他们昨天刚结婚,她已经吃了狼蛛先生,让我以后不要再来找他先生。"

"这狼蛛太太也太恶毒了!"啄木鸟愤愤地说。

很快，他们就飞到了离狼蛛家很近的一棵大树边。

"看，那树下的草叶间有一张漂亮的网，那就是狼蛛家。"麻雀用翅膀指了指，顺着麻雀指引的方向，啄木鸟看到狼蛛太太平静地趴在网上，像是在休息，一点也没有伤心的神情。

啄木鸟飞过去问："你就是狼蛛太太吧。我是负责这里安全事务的啄木鸟。"

"噢，你好！见到你很高兴。"狼蛛太太微笑着说。

"是你杀死了你的丈夫狼蛛先生吗？"啄木鸟直截了当地问。

"是啊，这事怎么传得这么快！"狼蛛太太呵呵一乐说。

"亏你还笑得出来！真是个无情的杀手！"啄木鸟一脸怒气，"现在，你要把事情经过说清楚。"

"你今天早上自己说的，现在可不要撒谎！"小麻雀补充道。

"干吗这么大惊小怪的。"狼蛛太太依然一脸平静，"我们一结婚，我就吃掉了他。事情经过就这么简单。"

"你为什么这么做？你们俩发生什么事了？"啄木鸟和麻雀异口同声地问。

"我们很恩爱，什么事也没发生。他是自愿、主动被我吃掉的。"狼蛛太太慢声细语地说，"其实，这都是为了我们的孩子将来能健康成长。"

狼蛛太太的话说得啄木鸟和小麻雀面面相觑，一头雾水。狼蛛太太看出了他们的不解，接着解释道："你们仔细看，这网上有许多小小的卵，那就是我和狼蛛先生的孩子。他让我吃掉他，就是为了让我身体营养充足，好养育我们的宝贝。"

狼蛛太太说到这儿，脸上浮现出忧伤的神情。

"这是我们狼蛛的习性，也是物种繁衍的需要，我也没办法呀。"

狼蛛太太无奈地补充道。

啄木鸟和小麻雀飞到网前，用放大镜仔细地看了好一会儿，他们这才发现，网上确实有许许多多的卵。

他俩飞到树枝上，商量起来。

"她不像是在说假话。"小麻雀这时反倒有点同情狼蛛太太了，"现在看来不能把她关起来，否则她的孩子可就完了。"

"你说得对，"啄木鸟说，"狼蛛属蜘蛛目的一科，善于捕杀害虫，食虫量还相当大，在消灭害虫方面能够起到不小的作用，是一种有益的动物呢。"

停了停，啄木鸟接着说："我看这不是一起简简单单的谋杀案。这样吧，我们还是先回去查查资料，再想想下一步该怎么办。"

"好吧。"小麻雀说。

于是他们快速飞向动物博物馆，上网查阅相关资料。

一则资料显示：狼蛛平时过着游猎生活，一到繁殖季节，雄狼蛛总是百般讨好雌狼蛛，大献殷勤。他们多数在地面、田埂、沟边、农田和植株上活动。

另一则资料显示：雄狼蛛求偶时，先织一个小的网，把精液撒在上面，然后举着构造特殊的脚须捞取精液，含情脉脉地靠近雌狼蛛。在靠近雌狼蛛前，雄狼蛛在远处不断地挥舞脚须，如果雌狼蛛伏着不动，雄狼蛛就靠近雌狼蛛进行交配，雄狼蛛用脚须把精液送进雌狼蛛的受精囊中。一旦交配完成，他就会被雌狼蛛吃掉，成了短命的新郎。

"果然如狼蛛太太所说，这是他们的习性啊。"啄木鸟一边仔细地盯着电脑屏幕一边说。

而下面的资料更让啄木鸟和小麻雀瞠目结舌：狼蛛妈妈抚养子女可谓体贴入微。她产卵前先用蛛丝铺设产褥，产卵后又用蛛丝覆盖卵,将其做成一个外包"厚丝缎"、内铺"软丝被"的卵囊,以防风避雨。为了防止意外,狼蛛妈妈还把卵囊带在腹部下面,用长长的步足夹着它随身携带。小狼蛛们出世后,狼蛛妈妈对他们更是爱护备至。小狼蛛们纷纷爬上母亲的背部或腹壁,由母亲背着到处巡游、狩猎。直到幼蛛第二次蜕皮后,雌狼蛛才肯放心地让孩子们离开自己,各自谋生。

他们看完资料介绍,都沉默了。

"我们还是不要打扰她哺育孩子吧。"啄木鸟轻声说。小麻雀点点头。

知识链接

狼蛛是一种蜘蛛。有8只眼睛。步足长着许多刺,又粗又壮。因跑、跳自如,生性凶猛,故被称为"狼蛛"。很多狼蛛都有毒性,有的毒性还很大。

杜鹃鸟和苇莺的争论

孔 伟

森林鸟类纠纷调解委员会的燕子会长最近特别忙——不仅自己要四处飞,捕捉各类害虫,还要处理鸟儿们之间的各种纠纷。

这不,她刚飞回森林,准备飞进自己的窝里时,就听到远处传来激烈的争吵声。

燕子仔细一看,原来是两只鸟儿在吵闹。

其中的一只鸟的体形和鸽子差不多大,上半身呈暗灰色,尾巴有白色斑点,腹部布满黑色横斑。燕子认识她,她是杜鹃。在芒种前后,杜鹃总是"布谷布谷"地叫着,像是在说"割麦插禾!快快播谷",所以人们又叫她"布谷鸟"。

另一只鸟的背部羽毛呈浅棕色,腹面带黄白色,眉纹呈淡黄色。燕子也认识她,她是大苇莺。

眼看她们就要打起来了。虽然杜鹃鸟的体形要比大苇莺大得多,但大苇莺毫不示弱,叫得很凶。

就在这时,燕子来到了她们面前。

"你们都是要做妈妈的鸟了,吵来吵去,多不好!"燕子来调解。

"燕子姐姐,你来得正好。"大苇莺抢先说,"这杜鹃太不像话了!她趁我外出找食物的时候,想把我窝里的蛋推出去,把自己的蛋偷偷地下到我窝里,让我替她孵,替她哺育小鸟。"

"谁说的!我只是来你窝里看看。"杜鹃鸟争辩道。

"你来看看？看什么？"大苇莺一脸怒气，"去年，你就干过这种事：我在筑巢时，你就在不远处偷看。等我筑好巢下了蛋，趁我外出捉虫子时，你悄悄地溜进我的巢里，把我的蛋扔掉，再产下你自己的蛋。因为我的蛋和你的蛋很相像，我又是只粗心的鸟，当时虽然觉得有点不对劲，但我觉得这是我自己巢里的蛋，应该不会有什么，就没再多想。"

"你觉得蛋有问题，就能证明那是我下的吗？"杜鹃还是不承认。

"当然是你！"大苇莺说，"第一，我那天回来，你还在我窝里呢，这以后再没有别的鸟来过。第二，你们杜鹃蛋的孵化期比我们的短，所以，还没到日子，窝里的第一只鸟就出生了。我在高兴的同时，还是产生了疑惑——这只幼鸟生长很快，个子也大。但哪个母亲会怀疑自己的孩子呢？我很快就不再多想了，一心一意捉虫哺育幼鸟。但有一天，我外出时还是发生了意外——我另外3个宝宝全摔到地面，一只鸟才出壳，另两只还没破壳，我多伤心！"

说到这里，大苇莺哭了。燕子连忙过来安慰她。

过了一会儿，大苇莺接着说："我难过极了，本以为是蛇或者其他什么东西做的坏事，根本没往仅剩的这只鸟身上想。我更加用心照顾这只幼鸟，对他怜爱有加，精心哺育。没过多少天，这只幼鸟的个头就超过我了。再过一段时间，他长得比我还要大几倍，整个巢都让他占了，可我依然对他付出所有的爱，精心呵护。有一天，我捉虫回来，突然发现鸟巢空了。我四处寻找，还是啄木鸟阿姨告诉我真相，我哺育的是你的孩子，他长大了，飞走了，连一声'谢谢'也没说。更可恶的是，我另外3个孩子都是被你的孩子推下巢的！"

大苇莺说着说着，又哭了起来。

站在一边的杜鹃正要开口,画眉和啄木鸟飞来了。

她们刚停下,就开始指责杜鹃鸟。

画眉愤恨地说:"她们有时也对我们下手。她们会模仿猛禽岩鹞的飞翔姿势,低低地飞,忽左忽右,不时地把翅膀拍打得'啪啪'响,吓得我们弃窝逃走,她趁机干坏事。"

啄木鸟接着说:"去年我就亲眼看到这么一幕:杜鹃的孩子破壳而出后,羽毛还未丰满,她就用尾巴、背部,推着大苇莺的蛋和刚出生的小鸟,慢慢向巢边移动,最后把所有的蛋和大苇莺的孩子都摔死了。她自己则独占了大苇莺所有的爱。"

大苇莺说:"杜鹃就是个寄生者!不劳而获!我们大苇莺知道杜鹃的蛋会影响我们后代的生存,于是慢慢学会了识别杜鹃蛋,并将这些蛋推出鸟巢,但杜鹃更狡猾,她们也学会下出与我们的蛋更加相似的蛋。她们有时趁我们外出,把蛋直接产下来,如果鸟巢太小,不好钻进去,她就会先下蛋,再小心地把蛋放进去,和其他蛋混到一起。更可恨的是,她在放自己的蛋前,经常会从巢中把我们的蛋弄走一只。"

杜鹃见这么多鸟都在说她,她不再争辩,羞愧地低下了头。

见杜鹃不说话,燕子开口了:"承认错误是好事,关键是要学会自己筑窝,自己的事情自己做。这样吧,我带你去看看大苇莺她们是怎么筑窝的,然后我监督你筑出新巢。"

她们一同飞到了芦苇塘边。大苇莺的巢就筑在芦苇秆上,缠在几棵苇茎上,距地面差不多1米,是用干枯的根茎、碎布条、废绳头及羽毛编成的,形状像杯子,悬挂在苇茎之间,窝里放4~6枚卵一点问题没有。

杜鹃看了,表示要好好学习筑巢的本领,又一再向大家表示歉意。

知识链接

杜鹃鸟在我国古代又叫"子规"。杜鹃是典型的巢寄生鸟类，它自己不营巢、不孵卵、不育雏，而是把卵偷偷地放在其他鸟类的巢中，让别的鸟充当"义亲"，来为其孵卵、育雏。因此唐朝大诗人杜甫曾有诗曰："生子百鸟巢，百鸟不敢嗔；仍为喂其子，礼若奉至尊。"这首诗将杜鹃由他鸟代为孵卵育雏的习性描写的惟妙惟肖。

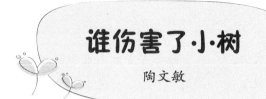

谁伤害了小树

陶文敏

小猪和小羊一直负责管理池塘边的树木。池塘边的一排柳树迎风摆动着枝条，像一群正在跳舞的小姑娘，让人看了赏心悦目。

这天，小猪和小羊闲来无事，在池塘边玩捉迷藏。突然，跑在前面的小羊停下脚步，大声对小猪说："快来看呀！这边三四棵柳树上都有枯枝，是谁干的坏事呀！"

小猪连忙跑过去看。果不其然，一连三四棵柳树都有不少枝条枯萎了。

"我们一定要找出原因，这是我们负责的区域，绝不允许这种事发生！"小猪说得很坚定。

小猪和小羊仔细地观察了周围的环境，可这几棵柳树的主干，并没有人为破坏的痕迹，根部地面也没有被人动过的迹象。可就在他们拨动那几根枯枝的时候，几只受惊的蝉"知——"地飞走了。

此时正值夏季，有蝉鸣是再正常不过的事了。但细心的小羊还是感觉到了蝉与枯枝的联系。

"我觉得这可能与蝉有关。"小羊对小猪说，"我曾经看过介绍蝉的生活习性的书，这家伙可不是什么好东西。"

"蝉不就是我们常说的'知了'吗？"小猪说，"我觉得她们挺好的呀，我们在玩，那些蝉姑娘还拼命地为我们歌唱呢。"

"哈哈哈！"小羊大笑起来，"什么蝉姑娘唱歌呀！唱歌的都是蝉先生，蝉姑娘可都是哑巴啊。"

"不会吧？"小猪才不相信呢，"哪有先生唱得比姑娘好听的，姑娘天生就有一副好嗓子。"

"这你就不懂了。"小羊解释道，"会鸣叫的都是雄蝉，他唱歌用的也不是嗓子，蝉可没有嗓子。但他的腹部有发音器，他之所以会叫，是因为肚皮上有两个叫'音盖'的小圆片。音盖内侧有一层透明的叫'瓣膜'的薄膜。瓣膜受到振动就会发出声音，音盖就有扩音器作用。音盖和瓣膜之间是空的，可以产生共鸣，所以雄蝉的鸣叫声特别响亮。而雌蝉的肚皮上没有音盖和瓣膜，当然就不会叫啦。"

停了停，小羊接着说："生物学家法布尔还发现一个有趣的现象：气温低于32℃，蝉一般就不鸣叫了。蝉鸣和天气还有密切关系呢——蝉鸣，表示天气晴；下雨天，蝉不会鸣叫；雨中蝉鸣，预示天气要晴。"

"原来是这样啊，你懂得真多。"小猪不好意思地说，"看来还是蝉先生对我们好，知道为我们歌唱。"

"你又弄错了。"小羊说，"蝉先生可不是在为我们歌唱，他是在为蝉姑娘歌唱。他每天拼命地唱，目的是引诱雌蝉来和自己交配。每当口渴、饥饿时，蝉总会将自己坚硬的口器插入树干吮吸汁液，把大量的营养与水分吸入自己的身体中，以延长自己的寿命。"

"噢，原来是这么回事。"小猪若有所思地点点头。

"现在，我觉得我们已经找到柳树枝枯萎的原因了。"小羊进一步分析道，"被蝉刺伤后，柳枝条会因为水分供应不上而枯萎。"

"真的吗？"小猪还是将信将疑，"我们应该找出证据来，可不能冤枉他们。"

"好，我们去取高清摄像机，认真观察几天，也好让你长长知

识。"小羊说。

于是他们找来了高清摄像机,安装在那几棵柳树旁。

经过几天的仔细观察,小羊和小猪惊奇地发现。在雄蝉和雌蝉交配后,雌蝉会用尖尖的产卵管刺破树皮,扎出一排小孔,然后让颗粒状的卵粒附着在小孔里。他们数了一下,一根树枝上有蝉卵50~100粒。

观察回来后,他们开始查找资料。他们又有了更加惊奇的发现。

资料上说:那些幼虫从卵里孵化出来,停留在树枝上,然后借助风雨掉到地面上。一到地面上,他们立即往土壤里钻,钻到树根下,开始吸食树根液汁。蝉的一生可分为卵、幼虫和成虫3个阶段,经2~3年或许更长一段时间,幼虫才会生长发育成熟。从幼虫到成虫要经过5次蜕皮,其中4次是在地下完成的。最后一次,他们会钻出地面,爬到树枝上蜕去浅黄色的干枯的壳,变成成虫。成虫从空壳中钻出来,能牢固地挂在树上。成虫仍然依靠吸食树木汁液为生。但蝉也并非一无是处,蝉蜕下的壳能做药材。

"现在,我们又有事儿做了。"小猪看完资料后对小羊说。

"去挖树下的蝉的幼虫,是不是?"小羊补充道。

"对!马上去吧。"小猪说得很坚决。

知识链接

蝉在中国古代象征着复活和永生，这个象征意义来自于它的生命周期：它最初是幼虫，后来成为地上的蝉蛹，最后变成成虫。蝉的幼虫形象始见于公元前2 000年的商代青铜器上，从周朝后期到汉代的葬礼中，人们总把一个玉蝉放入死者口中，以求庇护和永生。

杀害刺猬的是谁

姚敏淑

刺猬获得动物界第三十届"捕鼠能手"的称号没几天,就莫名其妙地死了,而且全身上下没有任何外伤。

动物警察局侦探所的黑狗探长来到刺猬家。他仔仔细细地查看一遍,没有发现任何蛛丝马迹,刺猬家的物品也一件不少,不像是谋财害命。

这可让大名鼎鼎的黑狗探长为难极了。

他茶饭不思,左思右想了两天,一遍一遍地翻看着现场图片,却没发现任何有价值的线索。

黑狗探长累得实在不行了,躺倒在椅子上,啃着冰冷的馒头,自言自语道:"刺猬每年会捕食大量的有害昆虫,可是一种有益动物啊!"

想到这,他又起身翻看刺猬的档案资料。

资料显示:刺猬喜欢住在灌木丛、山地森林、农田里,属杂食动物,植物的茎叶果实、昆虫、老鼠等他都吃过。

刺猬性格孤僻,不爱和别人打交道,昼伏夜出,喜欢安安静静独自待着,还怕光亮、惊吓。他的交际面并不广,做事谨慎,又不张扬,会有谁谋害他呢?再说,他的防卫能力也很强,遇到敌害时,他能将身体卷曲成圆球,将刺朝外,保护自己。黑狗探长怎么也想不明白。

就在黑狗探长百思不得其解的时候,他的助手高个子黄狗走了进

来。黄狗建议把刺猬的主要天敌找来,一一排查。

"这样做虽然有些费工夫,但比较有效,况且现在我们也想不出别的办法。"黄狗说。

黑狗探长点了点头。

很快,刺猬的主要敌人——貂、猫头鹰、狐狸、黄鼠狼都被叫来了。

首先审问貂。貂说:"我的窝筑在沟谷里的乱石中,离这儿比较远呢。我虽然一般在夜间活动,但这几天我都没到刺猬家这边来。"很快,有几种小动物站出来给他作证。

然后审问猫头鹰。猫头鹰说:"我虽然也是昼伏夜出的动物,也确实是刺猬的敌人,但这次真的不是我干的。你们想,如果我从天空冲下来,啄到了他,那他身体上就一定有伤痕。"

黑狗和黄狗相互看了一眼,觉得他们说得都很有道理。

接下来审问的是狐狸。狐狸一脸不满,大声叫嚷:"怎么可能是我呢?每次我想吃他时,他都会缩成一团,把刺竖起来,变成一个刺球儿。我哪敢下嘴呀?"

"但你有尖尖的嘴,会巧妙地钻到刺猬的腹部,再把他抛向空中。重重地坠落地面时,他会受到冲击,自行松开刺球,露出肚皮。此时,你会狠咬一口,要了他的命。"黄狗这样分析。

"亏你还是探长的助手!"狐狸不满地说,"你也不看看,如果我这样做,他身上能一点儿外伤都没有吗?"

"还有,"黄狗一直就怀疑狐狸,"你曾经在他身上撒过尿,让他难受得展开了身体,然后你再攻击他。"

"那他身上有尿味吗?你去闻闻!"狐狸理直气壮地说,"多动脑筋想想,别什么坏事都想往我身上推!"

"别说了,"黑狗探长打断了他们的争论,"谁叫你平时不多做好事呢。这次我相信你,我也觉得不是你干的。"

"这还差不多。"狐狸边说边看了一眼黄狗。

那么,现在黄鼠狼的嫌疑就最大了。因为黄鼠狼有过前科:他曾经对着刺猬无从下嘴,就想出绝招——对着刺猬放臭屁,把刺猬熏晕,当刺猬展开身体时,他就咬开了刺猬的肚皮,手段非常残忍。

黄鼠狼听了黑狗探长和黄狗的分析,连连摇头,说:"这回真的不是我干的!"但他即使有一千张嘴也讲不清了。

"刺猬中毒而死的可能性非常大,也同你放了过量臭屁毒死他的特征十分吻合。如果是你干的,你还是早点承认为好。"黄狗分析得头头是道。

"我真是跳进黄河也洗不清啊!但我真是冤枉的啊!"黄鼠狼急得直跺脚,一遍遍说着这样的话。

过了一会儿,黑狗探长把他的助手黄狗拉到一边,他俩商量起来。

黑狗探长说:"刺猬确实像是中毒死的,但可能是他被蛇咬中毒死的,因为伤口太小,我们没发现;还有可能是吃了有毒的老鼠中了毒。"

黄狗也点点头:"刺猬和蛇是天敌。我亲眼看到过一次他捕食眼镜蛇的惊险场面。那天,刺猬发现了草丛中的蛇,并没有急切地扑上去同蛇撕咬,而是躲在草丛里,静静地等着蛇爬到身边。接着,他慢慢地把身体蜷起来,弓起背,猛一蹬腿,腾空跳起来,扎到蛇身上。蛇疼得不停地扭动着。过了一会儿,蛇似乎发怒了,高昂着头,张着嘴,露出毒牙,吐着芯子,喷出毒液。刺猬才不理会他那一套,任蛇怎么咬,就是不松开。蛇咬了一会儿,一点效果没有,反而使自己满嘴流血,疼得不停扭动,直到筋疲力尽。这时轮到刺猬发威了,只见他滚了几下,狠狠地扎着蛇的肚子和七寸,扎得蛇浑身是血,无力反抗。然后他用嘴和爪子撕咬蛇的肚子,美美地吃掉了蛇。"

探长听得入了迷，好一会儿才说："这事我也听说过。我还听说他吃老鼠的事呢。我在想，会不会是老鼠吃了有毒食物，他又吃了老鼠，结果也中毒了。所以，不管怎么说，我建议还是化验一下，看他到底是不是中毒身亡。如果是，化验一下中的是什么毒。"

黄狗觉得探长说得有道理，点点头。

"我们不会冤枉一个好动物。"探长又走到黄鼠狼面前说，"但我们的也不会放过一个坏动物。我自有办法弄清真相。"

第二天，化验结果出来了。刺猬这几天并没有吃老鼠，吃的主要是植物的茎叶和果子以及各种虫子。他的体内还有很多没有完全消化的虫子呢。他的体内也没有蛇毒和其他毒气，这也排除了黄鼠狼放臭屁让他窒息的可能。

可在他体内却发现了一种有毒杀虫剂和少量农药的成分。结论是显而易见的：刺猬因误食了被杀虫剂杀死的虫子和喷洒农药的植物茎叶或果子而中毒身亡。

黑狗探长公布了结果，也洗清了黄鼠狼的嫌疑，动物们也不再相互猜疑了。

知识链接

刺猬主要分布于亚洲中部、北部和欧洲，中国东北、华北及长江中下游地区亦有分布。刺猬属哺乳纲，食虫目，猬科。体肥矮，长20～25厘米。四肢短，爪弯而锐利。眼和耳都小，体背密生土棕色的棘刺，刺基白色，尖端棕黑色。面部、四肢及体腹面无刺，但毛粗糙。遇敌害时能卷曲成球，以刺保护身体。

棘胸蛙智杀鹞鹰

崔志东

棘胸蛙亲眼看见爸爸被鹞鹰吃掉。所以,他立志要报杀父之仇。可是,自己势单力薄,怎么才能杀死凶狠残暴的鹞鹰呢?棘胸蛙一直苦苦地思索着。一天,他在村口的井台上玩耍。忽然风云突变,天上下起了冰雹,一个鸡蛋大小的冰雹把他砸到了井底,要不是蟾蜍爷爷及时把他救上来,他就被淹死了。棘胸蛙从这件事情中受到了启示。

第二天,雨过天晴,棘胸蛙躺在井台上悠然自得地晒着太阳。这时,他发现鹞鹰在天空上盘旋,一双凶恶贪婪的眼睛正在寻找猎物。鹞鹰看到棘胸蛙躺在井台上晒太阳,心里想:"这个小傻瓜,比他爸爸还愚蠢,我今天的午餐又很丰盛啊!"

于是,鹞鹰看准目标,收起翅膀,像一支利剑似的俯冲下来。他用利爪抓住了棘胸蛙的背后,正准备美餐一顿。可就在这时,棘胸蛙忍着剧痛,猛吸一口气,用尽全身的力气跳入井中。鹞鹰没想到棘胸蛙会来这么一手,还没等他的翅膀打开,就被棘胸蛙"扑通"一声拖入水中。棘胸蛙拼命向水底划去,鹞鹰的身体也是一直往下沉。这时,鹞鹰只好松开了爪子。落入水中的鹞鹰想飞出水面,可是他全身的羽毛都湿透了,像只落汤鸡似的,根本飞不起来了。鹞鹰想呼吸,却咕咚咕咚地灌了一肚子井水。不一会儿,鹞鹰就被淹死了。

蟾蜍爷爷看完了这场激烈的生死搏斗之后,深有感触地对儿孙们说:"看来,在一定的条件下,弱者也是可以战胜强者的。关键是弱

者必须凭借自己的智慧，用自己的长处去攻击强者的短处，这样才会转弱为强，战胜对手。"

知识链接

棘胸蛙在皖南地区又叫"石鸡"，是一种两栖纲蛙科动物。体形肥硕，体长1厘米左右。背面呈浅酱色或土棕色，两眼间常有一黑横纹，皮肤粗糙。棘胸蛙畏光怕声，常栖息于深山老林中或溪沟的源流处。

仓鼠兄弟

薄其红

欢欢和乐乐是一对仓鼠小兄弟，他俩虽然都很聪明，但都十分懒惰。在父母相继得病死去之后，两个小兄弟才恐慌起来。

因为以前都是父母给他们找吃的，他俩什么捕食的本领也没有学。眼看着家里可以吃的东西越来越少，兄弟俩慌了神，不得不走出家门，自己外出去寻找吃的。

天刚亮，兄弟俩就昂着脑袋出门了。走了好远的路，他们来到一座山坡上。正要坐下休息一会时，一只大灰狼蹿了过来，对着欢欢、乐乐就要咬，吓得兄弟俩抱头狂跑。多亏附近有个小洞，两人便"嗖"的一下钻了进去。大灰狼在洞口转了半天不见小仓鼠出来，无奈地走了。

确定大灰狼走远了，兄弟俩才战战兢兢钻出小洞。没走多远，又碰到一只黄鼠狼，兄弟俩急忙又躲了起来。

这样，一天下来，不但没有找到食物，还到处碰到危险，兄弟俩呆呆地坐在小洞口，沮丧极了。

这时，过来一只大仓鼠。大仓鼠看见兄弟俩无精打采地坐在那里发愣，就明白了，对他俩说："仓鼠小兄弟啊，你们应该夜里出去寻找食物，这白天出去多危险啊！"是啊，兄弟俩想起以前妈妈都是等到天黑，他俩快睡觉时才出去找食物的。

两只小仓鼠耷拉着脑袋回到洞里，休息了一会，等天完全黑了之后才从洞里走了出来。"呀，怎么什么都看不清啊？"欢欢问。乐乐

说:"是呀,我也只能模模糊糊看到一点影子,这怎么寻找食物啊?"

两兄弟摸索着一边走一边说。正巧这时,又碰到了白天见到的那只大仓鼠。大仓鼠听到两兄弟的谈话,心想这两小子真是一点生活经验都没有,就对他俩说:"我们仓鼠视力差,夜晚出来要眼睛、鼻子、耳朵、手脚一起开动,全神贯注,时间长了,就能练就过硬的本领,不然什么食物也找不到,还可能遇到危险呀。"

兄弟俩睁大眼睛、竖起耳朵、嗅着鼻子,到处寻找食物。"哎呀,我掉到水沟里了,好臭啊,脚好疼啊!"欢欢大声叫着。乐乐赶紧示意欢欢小点声,别招来了危险。乐乐只顾看欢欢,自己却一头撞树上了,疼得浑身直哆嗦也不敢叫。

忙了一夜,兄弟俩又累又乏,直到天色发白,只找到一个小坚果、一个植物种子。欢欢浑身泥水还崴了脚,乐乐撞得头破血流,兄弟俩紧紧抱着食物,挣扎着回到了家里。

欢欢、乐乐想起以前每天父母把弄来的许多美味摆在床前,自己还不想吃,现在才知道,每样食物都是来之不易的啊。

回到家里,还没有爬到床上,兄弟俩就歪倒在地上睡着了。

起床后,兄弟俩决定今天只分吃小坚果,把种子留下来,虽然以后每晚都会去找食物,但也许明晚找不到食物或者下雨不能出去呢,所以不能全部吃完,得留下一部分食物备用。

兄弟俩商定:以后每天找到的食物都要留下一个。

两人洗了手,坐下来,一人一半,分吃着这个小坚果。啊!兄弟俩觉得从来都没有吃过如此美味的小坚果,太香啦!

知识链接

仓鼠的主要食物为植物种子，喜食坚果，亦食植物嫩茎或叶，偶尔也吃小虫。多数不冬眠，冬季穴居地下深处，贮藏大量粮食，对农业有害。

第二辑
植物王国趣事

　　虫眉兰有什么样的"绝招"？植物也会"旅行"？植物真的有情感吗？地上的"绿带"是怎么来的？树上真的会长面条吗？……

　　走进意趣盎然的植物世界，你会发现这里真的是一个迷人的童话天地。而这些问题的答案就在这方天地中。

　　认识植物，了解植物，研究植物，就从读优美的故事开始吧！

虫眉兰的"绝招"

孔德兰

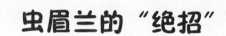

一朵发育完全的花一般都有花瓣、萼片、花蕊、子房等。花蕊又有雄、雌之分。雌蕊里有胚珠,而雄蕊则能产生花粉。

花只有经过受粉才能结出种子。受粉也叫"传粉",它是成熟的花粉由雄蕊传到雌蕊的全过程。

传粉是受精作用的先决条件。花粉落到雌蕊的顶端,便会长出细长的花粉管,一直通向下面,使里面的精子与子房里的胚珠受精,从而结出种子。

许多花受粉都是需要借助外部因素的。有的靠风来传粉,如玉米,这类植物的花大多都没什么香味,颜色不艳,但很轻,它们被称作"风媒花";有的靠水来传粉,如苦草,它们被称作"水媒花";有的靠小鸟来传粉,如银桦,它们被称作"鸟媒花";还有的靠昆虫来传粉,这便是"虫媒花"。这类植物很多,虫眉兰便是其中一种。

如果你以为虫媒兰是依靠芳香艳色来吸引昆虫,那你就错了!虫眉兰是采用"骗术"使昆虫上当而达到传播花粉的目的。

在地中海沿岸的一座山上,长着一片虫眉兰。它们开花了,可并没有招来多少蝴蝶,却引来了许多雄蜂。

为什么会有那么多雄蜂飞来呢?原来,这些雄蜂来这里的目的并不是采集花蜜,它们是上了虫眉兰的"当"。

虫眉兰的花看上去同雌蜂没什么两样:几个花瓣形如两对翅膀;

远远看去还有个头，头上有一对眼睛，甚至还有触手。雄蜂把它们当成雌蜂，便飞来交配。而"雌蜂"倒很乖巧，一动不动。雄蜂飞上去停下来时，才发现自己上了当，懊丧地飞走了。

雄蜂这一停一走，便带走了花粉。它再一次在别处上当时，便将花粉传给了别的虫眉兰。虫眉兰就这样达到了传粉的目的。

雄蜂被虫眉兰欺骗了，可它在这一过程中却不知不觉地做了好事——为虫眉兰传递了花粉。

知识链接

靠蜜蜂、胡蜂、蝇、蝶等昆虫的媒介来完成传粉的花都叫"虫媒花"。适应虫媒的特征是：花大，花被发达，色彩鲜艳，有香气和蜜腺。花粉较大，外壁有凸起或黏质，易附着在昆虫体上。有集中成簇的花序（如胡萝卜、向日葵）。具虫媒花的植物称为"虫媒植物"，占有花植物的大多数。

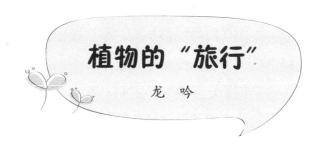

植物的"旅行"

龙 吟

看到这个标题,你一定感到奇怪:植物没有腿脚,与动物完全不同,它也能旅行吗?

是的,植物没有腿脚,不可能像动物那样任意跑动,但它可以借助别的东西来达到"旅行"的目的。这就像我们人类一样,我们可以乘车、船或飞机去旅行,不一定非得用双脚走着去。

当然,植物的"旅行"和人类的旅行的目的是截然不同的。很多人选择旅行的目的是为了观光、放松心情、陶冶情操之类,而植物"旅行"的目的却是为了繁殖后代,为自己的孩子们找到适宜生存的地方。

你可能发现过这样的情况:一块荒地上多年寸草未生,从来没有人去栽种某种植物。可是有一天,你惊奇地发现,这里突然长出了好几棵植物,它们绿得可爱,亭亭玉立,很讨人喜欢。

那么它们是从哪儿来的?是谁带它们来的?是自己跑来的吗?原来,它们是借助风、动物、流水……这些"旅行"的"交通工具"来到这里的。

大家都知道,达尔文是世界著名的生物学家、进化论的奠基人。他就曾观察过植物是如何利用小鸟这一"交通工具"来旅行的。

有一段时间,他仔细地观察了一只在野外活动的小鸟,并将它的粪便收集起来，然后进行认真分析。他发现这只小鸟的粪便中竟含有12种植物的种子，这些种子中，有许多具有重新发芽、生长的能力。它们随着小鸟的粪便排出，在野外重新安家。植物便这样达到了"旅行"的目的。

植物"旅行"的工具很多。有的靠人或动物来"旅行"，像一些水果便是这样。人或动物吃掉了果肉，随处扔下种子，它便达到了"旅行"的目的。有的是靠水流来"旅行"的，如莲蓬，其形状呈倒圆锥形，且质轻，可以像一叶小舟漂浮于水面，随着水流漂到各处，同时也把种子远播各地。有的是靠风来"旅行"的，如蒲公英，因为其种子细小而质轻，能悬浮在空中被风力吹送到远处。

很多植物的"旅行工具"不是单一的，西瓜便是其中之一。人或动物吃了西瓜，将瓜子吐到别处，便给了它在别处"安家"的机会，风、流水等也可能成为它的"旅行工具"。

这里讲一个西瓜在非洲沙漠中"旅行"的故事。

我们知道，西瓜最早生长在非洲南部的沙漠中。沙漠中常刮大风，到了雨季，还会发大水。这给圆形的西瓜提供了便利的"旅行"条件。

成熟后的西瓜被大风一吹，便容易滚动。如果遇上洪水，它就随水漂流。如果遇上干旱，也影响不了籽粒的发芽、生长。因为它的皮、瓤腐烂后便有许多汁液，这些汁液滋润了种子，使它能顺利地发芽、生长。即使西瓜被动物吃了也没什么，它流下来的汁液和残渣中，有时也会有种子，落在适当的地方就会发芽、生长。

看来西瓜"旅行"的办法真不少。

实际上，在自然界中，许多植物都有很多有意思的"旅行"方法，只要我们留心观察，就一定能发现不少有趣的故事。

知识链接

西瓜堪称"瓜中之王",原产于非洲,中国南北皆有西瓜栽培。属葫芦科,有多个种子。西瓜是一种双子叶开花植物,植株形状像藤蔓,叶子呈羽毛状。西瓜性寒,味甘甜,具有清热解暑、生津止渴、利尿除烦的功效。

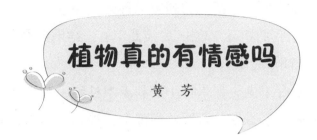

植物真的有情感吗

黄 芳

你也许会问，植物不是动物，也不是人，它们也有感情，也会产生"爱"或"恨"吗？

看了下面的故事，你也许会明白的。

洋葱和胡萝卜做了邻居，它们很快成了一对好朋友。它们不仅能和平共处，而且相互间还真有了"依恋"呢。你瞧，它们都长得很好，从不生虫。

这是怎么回事呢？原来它们各自发出的气味都是对方所喜爱的，这气味可以驱除前来侵害对方的害虫。可见，它们彼此"爱"得多深！

像这样彼此"相爱"的植物还有不少呢。

大豆和玉米便是这样。因为大豆的根瘤有固氮作用，它所固定的氮自己用不完，可提供一部分给玉米。玉米则十分感激大豆。烈日当空时，玉米便主动伸出长长的叶片，像母鸡展开翅膀保护小鸡一样，免得大豆苗被骄阳晒枯萎了。

大豆还愿与蓖麻在一起。因为一旦有金龟子来犯，蓖麻的气味就能发挥作用，将金龟子赶走。而大豆则知恩图报，将它所固定的氮，分一部分给蓖麻。

可是有些植物却不能友善相处、彼此帮助。它们生活在一起会"水火不容"，甚至"反目成仇"，结果是一方吃亏，或双方都吃亏。

例如，粗心的主人将西红柿和黄瓜种到了一起。很快，这两位便结下了"仇"，它们相互"攻击"，彼此不容，结果是谁都结不了果实。主人气得吹胡子瞪眼。

像这种事还有不少。如果将小麦和玉米种到一起，小麦和玉米都会减产。如果把丁香花、紫罗兰和郁金香种到一起，它们彼此都会受害。

这些植物为什么不愿做好邻居、好朋友呢？原来是因为它们体内释放的气体或汁液使得它们没有办法在一起成长。

所以，我们在种植花草树木时，还真的要考虑这些植物的"脾气"呢。

知识链接

长期以来，人们都认为植物是没有情感的。然而近几十年来，许多科学家用实验证明，植物不仅有感觉，而且还有可能拥有情感、记忆，会交际，甚至拥有自己独特的语言。因此，近年来甚至兴起了一门新学科——植物心理学。不少科学家正在探索植物身上的不解之谜，但至今还没有令人信服的结论。

树上长"面条"

胡晓辉

一群游客来到了非洲的马达加斯加岛。这天,一位友善的马达加斯加人对游客们说:"我们这里有一种有趣的树,树上可以长出'面条'来,你们想不想见识一下?"

听了马达加斯加人的话,人们惊奇得瞪大了眼睛。

"树上还会长'面条'?"虽然游客们半信半疑,但还是希望能见识一下。

于是这位马达加斯加人把游客们带到了山边的一座林子里。他指着游客们面前的那些树说:"大家看一看,树上挂着什么?"

游客们不约而同地抬头看去。天哪,树上确实挂着许许多多的"面条",长短不一,最长的差不多有两米。

"呀,真是面条!"人们一边指指点点,一边惊叫着。

"这回你们该相信了吧,树上真会长'面条'。"这位马达加斯加人说。

等游客们欣赏好了,这位马达加斯加人接着向大家介绍道:"这种树在我们当地叫'面条树'。显然,它的名字反映了它果实的形状。这种面条状的果实,人们叫它"须果"。须果成熟了,人们便将它收回去晒干。吃的时候很方便,只要用水泡一泡,再煮一煮,加上调味料就行了。这种树每年的四五月份开花,七月份果实便成熟了。我们这里人都爱吃须果。"

看着游客们对须果这么感兴趣,这位友善的马达加斯加人宣布:"今晚我要招待大家。大家猜一猜,今晚我们吃什么?"

"面条!"游客们异口同声地说。

"对!但那不是面粉做的,而是——"马达加斯加人有意调动大家的情绪。

"须果!"人们兴奋地补充道。

知识链接

马达加斯加全称"马达加斯加共和国",该国的经济以农业为主,农业人口占75%以上。耕地约2/3种植水稻,还产木薯、甘薯、玉米等。牲畜以养牛为主。沿海渔业资源丰富,盛产鱼、虾、海参、螃蟹等。

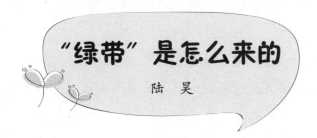

"绿带"是怎么来的

陆 昊

我们知道，人体需要微量元素，植物也需要微量元素。有的植物缺了某种微量元素就会不开花、不结果，甚至死亡。微量元素的作用可真不小。

有一年，我国某省就出现过这样一件怪事：大片小麦只开花不结籽。农民们辛苦了一季，却劳而无获，多叫人伤心啊。这到底是怎么回事呢？有关专家检测后发现成长中的小麦缺少了一种叫"硼"的微量元素，所以"花而不实"。可见微量元素是多么重要。

从下面的这个故事中我们同样能看出微量元素对于植物的作用。

故事发生在几十年前的新西兰。

一位牧民看到朋友的牧场绿草如茵，羊儿长得也肥壮。他便向朋友请教。原来他的朋友种了一种新品种牧草，这种牧草长势旺，而且很嫩，非常适合羊的口味。他听了朋友的介绍后，立即去购得这种牧草的种子，种在自己的牧场上。他盼望着这个新品种也能给他带来好运。

可天不遂人愿，这位牧民种下牧草后，气候一直不好，致使牧草长势很差，又黄又矮，反而不如先前种的牧草。他唉声叹气，悔不该改种这种牧草，更埋怨老天有意和他作对！

这位牧民望着自己的牧场，愁眉不展。这天，他在牧场上一边走，一边叹气。突然，他眼前一亮，一条绿色的长带闪入他的眼帘：

牧场北角的一片狭长地带上的草长得出奇得好，绿得发亮，与别处的草形成鲜明的对比。

他惊奇极了，连忙跑了过去。

这是怎么回事呢？这里的地形、地貌同别处并没什么区别，土质也一样，为什么会形成这么个"绿带"呢？他大惑不解。

他向四周看了看，也没什么特别之处，只不过离这儿不远处有个钼矿场，而这儿似乎与牧场也没什么关系。

他只得去请教专家，让专家来帮他指点迷津、弄清原委。

不久，专家找到了答案。

原来，这条"绿带"是附近那家钼矿场工人抄近道常走的地方。工人们的鞋底上粘上的钼矿粉，为牧草带来了生机。所以，虽然当年风雨不调，因为有了钼的作用，牧草依然长势很好。

牧民这才恍然大悟。他照着专家指点的方法去做，在牧场的其他地方也撒了些钼矿粉。之后，即使气候不好，牧草也长得郁郁葱葱。

知识链接

硼是一种非金属元素，固体为黑色或银灰色，硬度仅次于金刚石，但比较脆。它普遍存在于蔬菜和水果中，对人体很有用。

钼是一种金属元素，可以作为生产多种合金钢的添加剂。

会报时的花钟

陈 洁

有这样一首歌谣，道出了江南的不同季节里所能见到的代表性花卉：

一月腊梅凌寒开，二月红梅香雪海，

三月迎春报春来，四月牡丹又吐艳，

五月芍药圆，六月栀又白，

七月荷花满池开，八月凤仙染指盖，

九月桂花香满院，十月芙蓉千百态，

十一月菊花放异彩，十二月品红顶寒来。

花儿的开放不仅与季节有关，还和时间有关呢。

数年前，苏格兰的爱丁堡街心花园出现了一座奇特的钟。这座钟的下部埋藏在地下，只露出钟表的指针。这些钟表的指针是用空心金属制成的。钟面布置着各种花卉，上面的12个数字分别是用不同的花卉组成的。钟面直径达4米。时针指示的数字上，总是鲜花盛开。这个大花钟可称得上是世界上最早的一座按现代钟造型设计的花钟。

这座花钟是根据不同植物的开花时间而设计的。如果我们仔细观察便会发现，植物的开花时间往往是比较固定的，有的在早上开，有的在中午开，有的则在下午或晚上开。

瑞典植物学家林奈就曾根据植物开花的这种特性，选择了不同的花卉，培植了一个大"花钟"，只要人们看到是哪种花开了，便能估

计出大致的时间。

下面便是花儿开放的时间表：

蛇麻花：3点左右。

牵牛花：4点左右。

野蔷薇：5点左右。

龙葵花：6点左右。

金菊、蒲公英：7点左右。

半支莲：10点左右。

万寿菊：15点左右。

茉莉花：17点左右。

烟草花：18点左右。

剪秋萝：19点左右。

昙花：22点左右。

那么，花儿开放为什么有这种规律呢？

这其实是植物适应自然环境的结果。植物对阳光的反应不同，开花的时间也就不同。还有不少植物是依靠昆虫来传粉的，它们的开花时间往往与昆虫的活动时间相一致。例如，上午蜂类活动频繁，中午蝶类活动多，傍晚和晚上蛾类纷纷出动。因此，依靠不同动物来传粉的植物选择相应的时间开花。这就使得花儿有了一种特殊的本领——报时。

知识链接

苏格兰是大不列颠与北爱尔兰联合王国下属的王国之一，位于欧洲西部、大不列颠岛北部，南边是英格兰，西临大西洋。

引种甘薯

李 伟

明朝万历年间,有个叫陈振龙的商人来到菲律宾经商。

陈振龙是福建长乐人。一天,他和儿子在一家小饭馆吃饭,老板给他们上了一道菜,名叫"烤甘薯"。陈振龙和儿子吃着,觉得味道好极了,又甜又香。他们从没吃过这东西,感到新鲜又好奇。陈振龙忙问老板这是什么东西。老板告诉他,这东西叫"甘薯",可以烤着吃、煮着吃、蒸着吃,味道很不错。这位健谈的老板一边说,一边拿出一个生甘薯来,并介绍说:"这种东西很容易成活,而且不怕土地贫瘠,不怕干旱,可比水稻这些植物好养多了。300年前甘薯从美洲大陆传到菲律宾,很快便成为这里的许多贫民的主食。"

"原来是这样。"陈振龙一边仔细端详着甘薯,一边说,"那能不能请老板送我几个,让我也带回我的家乡种植?"

"那可不行!"老板听了陈振龙的话,一脸的紧张,"你们不知道吗?我们菲律宾现在是在西班牙人的控制下,他们早有规定,谁要是将甘薯偷运到国外,一旦发现,立即斩首!谁敢承担这个责任?"

陈振龙和儿子听了这话有些失望了。但他们始终没有忘掉这事。

这一天,陈振龙的儿子又想起了甘薯的事,他对父亲说:"甘薯有那么多优点,要是能带些回去该多好,这样即使遇上旱灾,百姓们也不至于被饿死。"

"是啊，可怎么带回去呢？"陈振龙感到十分为难，"西班牙统治者检查得那么严，出了事可不得了。"

父子俩不再说话，他们都在想着偷运的办法。

突然，陈振龙像发现什么秘密似的，高兴地大叫起来："我有办法了！"

"快说！爸，是什么办法？"儿子迫不及待地问。

"我们可以将一些甘薯藏到缆绳中，这样谁也不会发现的。"陈振龙兴奋地说道。

"这真是个万无一失的办法！西班牙人总不会割断缆绳来检查吧。"儿子说。

说干就干。他们从菲律宾人手中买来一些甘薯，经过精心编织，巧妙地装进缆绳里，一点痕迹也看不出。

船向祖国大陆驶去。西班牙士兵翻遍船上的物件，没有发现任何疑点。陈振龙父子二人顺利过关。

回到祖国，陈振龙父子二人带来甘薯的消息不胫而走，当地的许多人都知道了。陈振龙又向大家讲述了甘薯的特点和栽植方法。大家听了，不住地点头。

第二年，福建一带发生了旱灾。老百姓种不成别的农作物，便栽插甘薯苗。甘薯耐旱，长得很好，获得了丰收。所以，这次天灾与往年不同，饿死的人少多了。大家都说："这多亏了陈振龙父子，是他们救了大家！"

现在，福建省福州市有座祠堂名字就叫"先薯祠"，祠中供奉着的就是陈振龙父子二人的牌位。

知识链接

甘薯，亦称"番薯""山芋""红薯"。旋花科。在热带为多年生草木，能开花结实。在温带、亚热带为一年生草木，多不开花结实。茎蔓生，茎节着土后易生不定根。叶心脏形至掌状深裂。花为漏斗状，红紫色或白色。蒴果。种子较小。常用块根和茎蔓繁殖。喜高温强光，耐旱、耐瘠，不耐霜，适应性强。

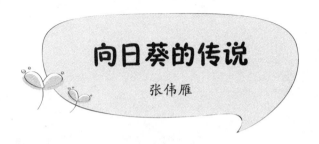

向日葵的传说

张伟雁

向日葵又被称作"葵花""朝阳花"。它的花盘总是向着太阳转动。

向日葵分布广泛,大家对它并不陌生。可你是否知道向日葵始终追随太阳的原因?

原来在向日葵中有种特别的生长素。这种生长素之所以特别,就在于它怕见阳光。受到正面阳光的照射,这种生长素便被破坏,而没有受到照射的生长素依然活跃。从而,向日葵产生了向光的特性。

关于向日葵,古希腊神话中还有个动人的传说呢!

很久很久以前,天空中有个叫阿波罗的神,他就是太阳神。他不但本领超群,而且英俊潇洒,很有风度,让许多人为之倾倒。这其中就包括有个叫马达佩斯的女孩。

马达佩斯对豪华舒适的生活羡慕不已,然而她却不愿以艰苦努力去求得,而是终日做着各种各样的美梦。她长得并不漂亮,又不学无术,所以她只能生活在自己编织的美梦中。

她对太阳神阿波罗更是怀有痴心,时常梦想着有朝一日能成为阿波罗的妻子。她每天什么也不做,只是目不转睛地看着阿波罗。

一天,阿波罗终于发现了她。他或许也有了一些怜悯之心,便将马达佩斯变成了一棵向日葵,让她朝朝暮暮向着太阳,永远追随着太阳。

这只不过是个传说。其实向日葵是菊科向日葵属植物,原产于美

洲。它的作用还不小呢：种子榨出的油不仅能食用，还能做润滑剂和用于制造肥皂、油漆等；种子烘烤干后可以吃，还能碾碎用于制面包和类似咖啡的饮料；茎秆可作燃料或制麻。

知识链接

阿波罗是古希腊神话中的太阳神、光明之神，希腊神话中的十二主神之一。阿波罗被视为司掌之神，主管光、预言、医药、畜牧、音乐等。同时他也是希腊神话中的美男之一，九头身的完美身材、超高的音乐才华，让他受到了众多女神的欢迎。

何首乌的传说

邱成力

"何首乌,白者入气分,赤者入血分。此物气温味苦涩。苦补肾而温补肝,能收敛精气,养血益肝,固精益肾、健筋骨、乌须发,为滋补良药。"这是我国明代医药学家李时珍在《本草纲目》中对何首乌的描述。由此,我们也可看出何首乌的作用了。

何首乌作为一种中草药,还有一个美丽的传说。

相传在我国唐代,有一位姓何的贫苦老汉,因为不堪忍受恶霸地主的残酷剥削,将恶霸地主杀死,当官府派人前来抓他的时候,何老汉被逼无奈,只得躲进深山老林。兵丁们四处搜寻,却终究没有抓到他。

何老汉独自一人在林中躲藏,以树为房,以地为床,饥饿常使他眼冒金花。这一天,他在地里挖出了一个像芋头一样的东西来,他想,这东西一定能吃。他连洗都没洗,便吃了起来。这东西虽然味道有些苦涩,但毕竟能够充饥。这之后,他时常挖这东西来充饥。

日子一天天过去,不知不觉间,何老汉已在林中隐居了好几年。他估计外面的风声小了,兵丁们不会来抓他了,他便走出了林子,回到了自己的家中。

村里的人见到了何老汉,都认不出他来了。因为他躲进林中时,已是满头白发,而今几年过去,风餐露宿,受尽苦难,人不但没有变得苍老,反而变得更年轻了。尤其是头发,一根白发也找不到,满头

乌发黑得发亮。人们纷纷跑来问他吃了什么,老汉便将自己在林中的经历一五一十地说了出来。

这事很快便被传得沸沸扬扬,远近的人们都知道了。

也许老人已习惯于吃他在林中常吃的东西,此后老人依然常到林中去采集这种植物。老人的身体一直十分健康,极少生病。据说,他一直活到了130多岁。

由于老人吃了这种植物而使头发由白变乌,又因为老人姓何,后来人们便将这种植物命名为"何首乌"。

虽然这只是一种传说,但何首乌的药用价值却是不可否定的。

知识链接

李时珍(1518~1593年),明代医药学家。字东璧,号濒湖,蕲州(今湖北蕲春)人。世业医。继承家学,致力于药物和脉学研究,重视临床实践与革新。常上山采药,向农民、渔民、樵夫、药农、铃医请教,并参考历代有关书籍800余种,对药物加以鉴别考证,纠正了古代本草书籍中药名、品种、产地等某些错误,又收集整理宋元以来民间发现的药物,充实内容,经27年著成《本草纲目》。

金鸡纳树的传说

龙 柱

在我国的台湾省、云南省和海南省等地,生长着一种名叫"金鸡纳树"的常绿小乔木。它的花较小,通常为乳白色或玫瑰色。它的树皮常被人采撷,用来提取奎宁和奎尼丁,这两种物质都是疟疾的克星。

金鸡纳树原产于南美洲的安第斯山脉。在秘鲁,人们对金鸡纳树有着一种特殊的感情,在该国的国旗上,我们也能找到它的身影。

1638年,不少人正在为一位患上了疟疾的病人着急。她是当时西班牙驻秘鲁的总督的夫人。由于她地位显赫,加之疟疾在当时是一种特别让人害怕的病,它每年都要夺去许多人的生命,所以人们为这位夫人而焦愁。

总督及其他官员为她找来许多名医,她也服了很多药。可什么效果都没有,而她的病却一天比一天重。

就在这天,夫人的一名侍从来到总督面前,说她知道一样东西,或许能救治夫人。总督一听,愁眉舒展,让她立即说出来。侍从说:"这里乡村的印第安人平常总爱嚼金鸡纳树的皮,他们当中不论大人、小孩,从不患疟疾。我也曾听一位长者说过金鸡纳树的皮能治愈疟疾。"

"你的意思是……"

虽然总督还是有些将信将疑,可事已至此,也没有别的办法了,他点头说:"可以试一试。"

侍从立即命人取来金鸡纳树的皮，将树皮熬成了药汤，让夫人喝了下去。没想到这个办法还真灵，夫人的病没过几天便痊愈了。

人们奔走相告。金鸡纳树的名声也从此大振。

知识链接

安第斯山脉是南美洲西部科迪勒拉山系主干。山脉多相平行，并同海岸走向一致；在大部分地段内，纵贯南北。东北从特立尼达岛到南端的火地岛，跨多个国家，长8 900千米，为世界上最长的山脉。

草原之王——尖茅草

张鹤鸣

非洲大草原上有一种尖茅草，被人们称之为"草原之王"。

其实，尖茅草刚刚冒出地面时，稀稀落落的，很不显眼，而且整整半年，几乎感觉不到它在生长。尖茅草生长的地域毫无生机，一副可怜兮兮的样子。

狮子正在追捕斑马，经过一片长势并不良好的尖茅草，因为遮挡不住自己，狮子还没靠近猎物，自己先暴露无遗，斑马逃之夭夭，狮子无功而返。狮子埋怨尖茅草占着地盘不长高。

羚羊被猎豹追杀时，诅咒尖茅草老不生长，一片开阔地，无处可以藏身。羚羊临死前也没有忘记狠狠踢尖茅草几脚。

对于那些埋怨和诅咒，尖茅草默默忍受着，他把它们当作一种鞭策。它已经做好冲刺前的一切准备，只是苦苦等待着一场暴雨从天而降。

终于，一场疾风暴雨铺天盖地呼啸而来，尖茅草趁机"蹭蹭蹭"蓬蓬勃勃往上蹿，密密麻麻地连成一片。我的天，尖茅草生长的速度令人惊叹！它平均每天疯长50多厘米！只三四天工夫，尖茅草已经长2米多高了！似乎一眨眼之间，天外飞来一片绿洲！

这是一大奇迹！尖茅草无可争辩地成了草原之王！

狮子和猎豹们全都惊呆了：原来，尖茅草还有这一绝活，为什么不早露一手呢？这大半年你都干什么去了？怎么老不生长？

尖茅草笑道:"其实,我一直在生长,只是生长的方式和角度不同罢了。"

"怎么讲?"狮子和猎豹追问道。

"这大半年,我努力向下扎根,半年之中,我的根系伸展了近30米。"尖茅草自豪地说,"有了大半年时间向下扎根的坚实基础,才会有蹿高的雄厚力量啊!"

知识链接

草原,属温带半干旱气候地区,旱生或半旱生的多年生草本植物群落。植物种类以针茅属、狐茅属、冰茅属、羽茅属、隐子草属等禾本科植物为主。也有一些豆科或菊科等双子叶植物。

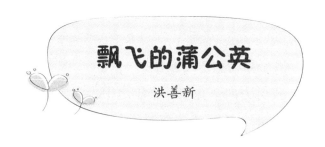

飘飞的蒲公英

洪善新

秋风吹过,蒲公英妈妈分发给每个种子一把绒毛小阳伞。种子们飘飘悠悠地飞起来了。

当哥哥姐姐们全部找到立足之地时,最小的那颗种子弟弟还在空中飘荡。

他飞进密林,环顾四周,只见到处都是参天大树,心想:"这儿的植被太茂密了,会挡住阳光的。"他继续前行,飞到了山顶上:"哎,山顶上一片荒芜,土壤贫瘠,不适合生存。"他晃晃悠悠地飘落山谷:"啊!这儿太偏僻、太恐怖了,我怎么能在这个鬼地方扎根开花呢?"

时间流逝,晚霞映红了半个天空。他飞到了小溪旁准备降落,但溪边花草众多,五彩缤纷,他怕自己开花时成不了主角。

他借着风力,再次起飞。飞过沼泽、飞过田野、飞过草地……可他始终没有寻找到十全十美的地方。

种子弟弟继续飞行,他看到草地上停着一辆婴儿车,车上有个小女孩玩得正开心。他趴到小女孩耳朵边,想跟她说几句悄悄话,小女孩感到耳孔痒痒的,便用手指去挖,种子弟弟赶紧往里钻,躲起来了。

种子弟弟很开心,这意外的遭遇让他感觉自己找到了最合适的居住地。小女孩的耳朵里既温暖又安全,还有养料和湿度呢,于是,他开始生根发芽。

等到蒲公英的叶片钻出小女孩的耳孔时,小女孩的妈妈吓了一大

跳，连忙把孩子送到急诊室。医生十分惊奇，他说他还从来没见过这样的怪事！医生小心翼翼地将小蒲公英连根拔了出来。

小女孩的妈妈气愤地说："山岗原野、天涯海角，哪儿都有你的家，怎么偏偏要来到不该来的地方啊！"

知识链接

蒲公英，亦称"黄花地丁"。菊科。多年生草本植物，含白色乳汁。叶莲座状平铺，匙形或狭长倒卵形，羽状浅裂或齿裂。冬末春初抽花茎，顶端生一头状花序，开黄色舌状花。果实成熟时，形似一白色绒球。分布于中国华东、华北、东北等地。

第三辑
大自然寻秘

做留鸟和做候鸟的都有谁？橡树是怎么智斗害虫的？昆虫们的过冬办法有哪些？你能揭开"魔谷"之谜吗？年轮怎么指示方向？真正的森林应该是什么样儿的？琥珀的神奇之处在哪里？……

小小的问号引出一个个有趣的故事，有趣的故事帮你揭示大自然的奥妙。

去大自然中探奇，去大自然中寻趣，去大自然中寻找奥秘吧！

冬虫夏草的来历

王 林

每年的立夏前后，在我国的四川、云南、贵州、西藏、青海、甘肃等地，便有人到海拔3 000多米以上的高山上，寻找一种紫红色的小棒。

这小棒是什么呢？它便是冬虫夏草，又叫"虫草"。

提起虫草，钟爱中医的人都知道，它可是一种名贵的中药。

1723年，一个名叫巴拉南的法国人来到了中国，开始了采集植物标本的活动。一个偶然的机会，他发现了冬虫夏草，将它带回了法国巴黎。他认为，这是一种既是虫又是草的"双性植物"，简直太奇妙了。

若干年过后，又有一个叫利维的英国人发现了冬虫夏草，他和那个法国人一样，认为这属于世外珍奇。他将它带回了英国伦敦，小心地保护着。

1842年，菌学家伯克利决定对冬虫夏草进行认真研究，最后终于揭开了冬虫夏草的真面目：它最初是"虫"，可后期已是"草"了，并不是一身兼二性。

那么冬虫夏草是怎么由"虫"而演变成"草"的呢？

在我国的青藏高原一带，有一种小虫子，叫作"蝙蝠蛾幼虫"，生活在土壤里。盛夏季节，气温升高，有一种虫草菌便黏附到蝙蝠蛾幼虫的身上，并慢慢钻进蝙蝠蛾幼虫的体内，吸收虫体内的营养，发育成菌丝，菌丝逐渐占领了整个虫体，最后整个虫体被吃空，留下一个里面挤满菌丝的虫壳。

到了秋天，气温不断下降，菌丝的生长也慢下来了。

直到第二年春天后，气温渐渐回升，菌丝开始活跃起来，逐渐长出一个子实体（小圆棒）穿破虫壳，露出土表。子实体顶端有分枝，上面结满了许多孢子（虫草菌的"种子"），所以看起来像棵草。

而冬天，子实体未长出来，仍保留虫体的外形，像条虫。所以人们把这种东西叫作"冬虫夏草"。

子实体上的孢子很小很轻，可随风飘扬。若飘落在蝙蝠蛾幼虫身上，就会钻入虫体，吸收虫体内的营养，第二年发育成新的冬虫夏草。

冬虫夏草是种很名贵的补药，还可用作肺结核的辅助治疗。

知识链接

立夏是二十四节气之一。每年5月5日前后，太阳位置达黄经45°时开始。中国习惯将立夏作为夏季开始。但气候学常把平均气温稳定在22℃以上作为夏季开始的标准。此时夏天由南向北推进，但黄河流域和长江流域还是晚春季节。农作物生长渐旺，是田间精管时期，农谚有"立夏三朝遍地锄"。

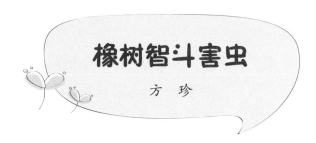

橡树智斗害虫

方 珍

如果到大自然中去仔细观察,你会惊奇地发现很多植物有斗害虫的本领。

这是发生在美国东部的一件趣事。

1981年,由于受气候等条件的影响,一种叫"舞毒蛾"的害虫一下子增加了许多。这是一种非常厉害的森林害虫,专吃树叶,对树木的危害很大。

附近的一片橡树林遭遇了前所未有的灾难。害虫们在林子里四处飞,吃饱了树叶便去嬉戏,生活得自由自在。而此刻橡树却变得面目全非,呆呆地站在那里,全身尽是破碎不堪的叶子,一片萧条的景象。

大片的橡树林难道就这样毁于虫害吗?正当人们苦想灭虫措施时,第二年,那些害虫突然不见了。

害虫们都去哪儿了呢?它们为什么不见了?人们的心中充满了疑问。当人们进入树林进行调查时,大家发现了不少死去的害虫。

这就更奇怪了,是谁消灭了它们?

科研工作者们开始了深入研究。他们发现,消灭害虫的不是人,而是植物自己,是橡树为了保护自己而采取行动的结果。那些橡树为了对付害虫,产生了一种叫"单宁酸"的物质。这种物质能与害虫的胃中的蛋白质起作用,使害虫吃了树叶后无法消化掉,食物撑在胃中，害虫不能进食，最后被活活折腾死。

从此，橡树林又开始茂盛了起来。

植物的本领可真不小啊！

知识链接

橡树又叫"栎树"或"柞树"，是世界上最大的开花植物，也是一种生命期很长的植物，可活400年以上。果实为坚果，可食。

昆虫们的过冬办法

孔德兰

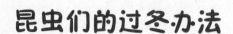

"天气预报说了，近期气温将降到10℃以下，请各位昆虫朋友做好防寒准备，选择好过冬方式。"小蚂蚁把消息写好，准备给昆虫们送去。

小蚂蚁没走多远就看见一只正在挖地洞的小甲虫。小蚂蚁上前说："人会准备衣物御寒，有的鸟会去南方过冬，有的鸟和家禽会换上厚厚的羽毛保暖，松鼠会储藏食物，冬天躲在洞里吃，你们昆虫做好准备了吗？"

小甲虫见蚂蚁这么关心自己，很感动，说："谢谢你啦！我们昆虫过冬的方式有很多，43%的昆虫会以幼虫的方式过冬，以蛹的方式过冬的昆虫占29%，以成虫的方式过冬的昆虫占17%，还有11%的昆虫是以产卵的方式过冬的。我们小甲虫，是以成虫的方式过冬的昆虫。天冷时，我们就躲在土中或墙缝里。像我们这种以成虫过冬的昆虫大多属于变温动物，天一热就往阴凉的地方跑，天一冷就躲到较暖和的地方，这叫'趋温性'。这样吧，我领你去看看其他昆虫都是怎么过冬的。"

小蚂蚁觉得小甲虫说得很有趣，就跟着他一起往前走。

他们没走多远，就看到一群瓢虫正排着队向墙缝、草堆等处爬。

"看到了吧，他们在找暖和的地方住下呢。"小甲虫解释道，"瓢虫们也是以成虫的方式过冬的昆虫，他们有的会躲到土壤中，有的会钻到树皮下或树干中，有的会躲进田野、林间的枯枝落叶堆里过冬。你明白什么叫'趋温性'了吧？"

小蚂蚁听了点点头，觉得他们还真聪明。

小甲虫接着带他看螳螂、蝗虫、蝈蝈、蟋蟀这些直翅目昆虫。只见螳螂把卵鞘贴到树干的侧枝上，她正在产卵呢。蝗虫挖好了一个几厘米深的洞，正用泡沫状的胶液包裹产下的卵。

见蚂蚁和甲虫爬来了，蝗虫笑了笑说："我们都是以产卵的方式过冬的昆虫，我正忙着呢，也没工夫陪你们。"说着，她用后足快速地刨着土，把洞口填好，还用前足用力地踏了踏。感觉结实了，她才停了下来。

见蚂蚁露出好奇的表情，蝗虫说："我们的产卵管挺结实的，产卵的同时能挖出个小洞，再将卵放进去，这样就不会冻着了。"

蚂蚁再仔细看看附近的其它昆虫，还真是这样。蝈蝈的产卵管就像马刀，蟋蟀的产卵管如同倒拖的长矛。

他们正说着话，一只蝴蝶和一只蛾子飞来了。小甲虫叫住了她们，说："你们都是以蛹的方式过冬的昆虫，正好可以给蚂蚁兄弟介绍一下。"

蝴蝶停到小草上，说："我正要去产卵呢。我们一般会选择在向阳、避风的篱笆、植物秆上产卵。"

蛾子扇扇翅膀说："我们一般把卵产到地下，做成蛹，在地下土茧中过冬。蛹的外面有硬壳，里面有丰富的脂肪，过冬没问题。"

听完她们的介绍，他俩接着往前爬。在一棵树下，他们看到了一只刺蛾正从口中吐着丝，再缠绕着，做成了一个球形的小东西。

小甲虫说："她叫'刺蛾'，我们经常叫她'洋辣子'。她正在做茧呢，幼虫就在这里面过冬。她把茧粘在树杈上，茧硬得像个小石

头。她是以幼虫的方式过冬的。另外,像天牛的幼虫会在树干里过冬、金龟子的幼虫会躲在泥土深处过冬,马尾松毛虫的幼虫会在松树皮的缝隙里过冬。"

这一天,蚂蚁长了不少知识。

知识链接

"冬眠"亦称"冬蛰"。休眠的一种。是动物对冬季不利的外界环境条件(如寒冷和食物不足等)的一种适应。主要表现为不活动,心跳缓慢,体温下降,代谢降低和陷入昏睡状态。常见于温带和寒带地区的无脊椎动物、两栖类、爬行类和一些哺乳类(如蝙蝠、刺猬、旱獭、黄鼠、跳鼠)等。

"魔谷"之谜

吕德坤

一天,一名印第安人来到了一座山谷中。因为这座山谷很少有人来,他走在山谷中,感到这里格外宁静,没有任何声响,地上布满了草,但草地上见不到任何动物,就连虫子也找不到。他觉得很奇怪。

走了一上午后,他突然有了一种不祥之感。恐怖使他想立即退回去,可饥饿又迫使他停了下来。他在路边挖了几棵野菜吃了。

他的家人一直在等他,而他却再也没有回来。

他的家人着急了,便到那山谷里去找。可村里人发现,他的家人也再没有回来。

"这山谷中一定有魔鬼!"

"是魔鬼夺去了他们的生命!"

村里其他的印第安人议论纷纷。

一个小伙子想探个究竟,他将一头牛赶往山谷,果不其然,那牛再也没有回来。

这一下人们更加确信这是个地地道道的"魔鬼山谷",人和动物都不能进去,否则是有去无回。"魔谷"的名字便这样传开了。由于发生了这么多恐怖的事,使得当地的人们每逢谈到"魔谷",总会心惊肉跳。

此后也再没有人进入"魔谷"。

"魔谷"和在"魔谷"中发生的事很快传到了地质工作者的耳中。

第二次世界大战后，几名地质工作者组成了一支考察小分队，进入了"魔谷"。他们先对这里的空气进行了测试，没有发现什么异样。他们又对土壤进行测试、化验，发现土壤中缺少硫的含量。接着他们又对这里生长的植物进行测试和化验，"魔谷"之谜终于解开了。

原来，这里的土壤中缺少硫元素，而植物为了生存便拼命从土壤中吸收硒元素。因此，这里所有的植物体内都含有大量的硒元素。那几名印第安人之所以死亡，与他们食用了这里含硒过量的植物有关。植物是他们致死的罪魁祸首。

所以，在吃野菜时，可要特别小心啊。

知识链接

硒是一种非金属，一种化学元素，也是植物有益的营养元素和动物体所必需的营养元素之一。硒有抗癌和抗氧化作用。但过量补硒也可引起中毒。

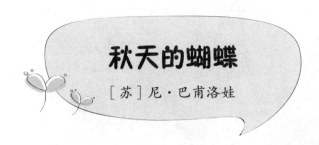

秋天的蝴蝶

[苏]尼·巴甫洛娃

古时候,有三个姐妹。大姐春和二姐夏,性格活泼、快乐。小妹秋,是个温和的姑娘,只是特别爱哭,稍微有点不痛快,马上眼泪汪汪。

说实话,两个姐姐也的确常常欺负秋。因为三姊妹里面数她最富有,无论怎么着,弄来弄去,全部收成总是归了秋。这天,三姐妹分了一批贵重的小装饰物。大姐春和二姐夏不想和小妹秋平分。她们把最美丽的花、最斑斓的蝴蝶都分给了自己。她们对秋说:"你有金黄色、紫红色的叶子就够了。"

秋听着听着就哭了起来,要求道:"大姐、二姐,别那么吝啬。给我几只蝴蝶吧。瞧,你们有多少蝴蝶:白的、黄的、淡蓝的,还有棕色的。哪怕丢给我一小把也好呀!我也想看到他们当我的面从蛹里出生。我希望他们喜欢我温和的太阳,希望他们愉快地度过我短短的白昼。我希望他们彼此爱恋,像你们那些相亲相爱的蝴蝶一样产卵。"

"瞧她想得多美,"春说,"想叫娇气的蝴蝶美人儿喜欢你那些夜晚的潮湿和寒气!才不会有这种事儿呢!我一只蝴蝶也不给你!"

夏挑了一对特别难看的蛾子,扔给了秋。蛾子爸爸扑着翅膀,飞到秋的胸上,蛾子妈妈毫无办法地用小爪子抓住秋的衣襟,她的翅膀不够大,不会飞。

秋气得嘴唇直哆嗦,可是她什么也没说。她把蛾子妈妈移到肩

上，把自己那些五颜六色的叶子揣在怀里，离开两个姐姐，含着泪离开了。

秋走到果园里，把蛾子妈妈放在一棵苹果树上，蛾子妈妈顺着树干往上爬。蛾子爸爸却扑扑翅膀，飞向被雨淋湿的花的上空。秋望着他们，心里感到一阵苦涩。忽然她听到从上面传来一阵喧嚣和清脆的笑声。原来是两个姐姐，被一群五彩斑斓的蝴蝶蜂拥着，飞走了。

"祝你幸福地陪伴丑蛾一家吧！"春喊道，"跟你的金黄色叶子一起嬉戏吧！欣赏那些秃树枝吧！"

"你们自己……"秋想顶她们两句，但实在憋不住，就哭开了。天下起飕飕的小雨。两只灰蛾藏到一根粗树枝下。

秋哭了很久，一边哭一边想，该怎样报复一下两个冷酷的姐姐。她说："别叫我一个人欣赏秃树枝。让漂亮的大姐、二姐也看看秃树枝吧！"

她拿起一根魔杖，在空中朝两只安静的蛾子画起圆圈儿，一边画，一边嘴里还念念有词。她念了些什么咒，谁也没听见。不过，从那一次起，每年9月、10月，都有一批灰色的蛾子，离开蛹，从土里钻出来。灰蛾很喜欢温和的秋天太阳，高高兴兴地度过短促的白昼。之后，他们就在树皮的隙缝里产卵。

春天来临的时候，从卵里爬出她们的孩子——很小的小青虫。小青虫躲在芽里，吃掉那些刚刚准备出世的小叶子。

因此，在明媚的春天，有时竟可以看到几乎完全没有叶子的树木。春逝去时，灰蛾的孩子们继续旅行，从一片叶子爬上另一片叶子，把爬过的叶子都吃掉。因此，在植物繁茂的夏天，有时竟也可以看到完全没有叶子的树木。风把秃枝吹得摇摇晃晃，就像在深秋里一

样。宁静的秋，就这样报复了两个贪心、爱嘲笑人的姐姐。

知识链接

蝴蝶的种类很多，翅膀的颜色绚丽多彩，人们往往把蝴蝶作为观赏昆虫。最大的蝴蝶展翅可达28～30厘米，最小的只有0.7厘米左右。

年轮告知方向

王 琪

一位旅行者来到一片荒野，这里除了一些草和灌木外，没有什么高大的植物。他迷了路。

天上阴云密布，天色渐晚，这荒野上一个人也没有。旅行者非常着急：该往哪个方向走呢？他只知道自己要找的住处在南边，可哪一边是南呢？

他在荒野中奔波，可他怎么也找不到可以指示方向的东西。他又累又饿，只得停下歇歇。

恰好他的面前有几个树桩，他便在树桩上坐下了。他摸着树桩，心想：这里本该是有树的，可惜被人砍掉了，要不然可以通过观察树的枝叶来判定方向。

他这样想着，猛然间悟出了一个道理：既然树的枝叶可以指示方向，即常常是南面的枝叶茂盛，北面的稀疏，那么树的年轮一定也有指示方向的功能。因为枝繁叶茂的一面需要有更多的养料和水分，因而必须有更多的维管束来输送养料和水，所以这一面也就变得更加粗壮，而这粗壮的一面的年轮也就更宽一些。当然，在北半球，这一面无疑就是南面了。相反的方向便是北面了。

他这样推测着，心中不禁大喜，脸上流露出兴奋之情。他立即低头仔细观察树桩的年轮，果然发现树桩的一边比较宽，一边稍密些。他一连查看了好几个树桩，都是一边比较宽，一边稍密些，而且方向一致。

"我辨出方向了！"他激动不已，不禁叫出声来。

他朝着树桩年轮较宽的一边走，它指示的果然是南方。他不久便找到了住处。

显然，这位旅行者是聪明的，他肯动脑筋，擅于找办法。如果我们能掌握更多关于方向的知识，那对我们也会大有帮助的。

知识链接

年轮，木本植物茎干横断面上的同心轮纹。常见于温带的乔木与灌木。因一年内季候不同，由形成层活动所增生的木质部结构亦有差别。春夏季所生木质部色淡而宽厚，细胞大，壁薄，称"早材"或"春材"；夏末至秋季所生木质部则色深而狭窄，细胞小，壁厚，称"晚材"或"夏材"、"秋材"。当年早材与晚材逐渐过渡，组成一生长层，而晚材与次年早材之间，界限分明，出现轮纹。根据树干基部的年轮数，可推测树木年龄。

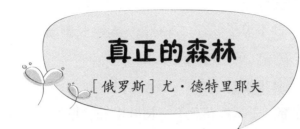

真正的森林

[俄罗斯] 尤·德特里耶夫

有一位画家,想画一片森林。他想:"什么叫森林呢?森林就是树!"他拿了画笔,调好颜色,开始画画。他画了白杨树、松树、桦树、柞树、云杉树。他的树画得像极了,看上去好像只要刮过一阵小风,白杨树的叶子就会抖动,松树和桦树的树枝就会摇晃起来似的。

画家一时兴起,在画的角上,画了一个有大胡子的小人儿。他说,这是童话里的林中小老人。

画家把画挂在墙上,就出去了一会儿,等他回来的时候,发现画上的碧绿碧绿的松树和郁郁葱葱的桦树都变成了枯树干。

"为什么我的森林枯死了?"画家说。

"这叫什么森林呀?"画家忽然听见有人说话的声音,"这儿光有树。"

画家仔细看看画,就明白了,是林中小老人在跟他说话,小老人接着说:"灌木、青草、野花都在哪儿呀?"

"你说得对,"画家同意道,"没有光长树的森林。"于是他拿起画笔,调好颜色。他画了乔木和灌木,在地上铺了茂盛的草,还点缀上了一些颜色鲜艳夺目的野花。"这回我画了一片真正的森林。"

但是过了一会儿,树木又开始干枯。

"这是因为你忘了画蘑菇。"小老人说。

"不过森林里是不是非有蘑菇不可呢?我到森林里去过很多次,

并没有常常找到蘑菇。"

"你找不到,并不等于没有。森林里一定会长蘑菇的。"

画家画上了蘑菇。可是树木继续枯死。

"因为你的森林里没有昆虫,"小老人说,"所以树木就枯死了。"

画家拿起画笔,于是在花朵上、树叶上和青草地上出现了五彩缤纷的蝴蝶和各种颜色的昆虫。

"行了,这回全画好了。"画家心想。他又欣赏了一会儿自己的画,就走了。

等他再看见自己的画时,简直不相信自己的眼睛了:画上的一切一切——土地、树干和树枝上面,爬满了无数昆虫。

连小老人都退到了画的边上,眼看要掉下来了。他满脸悲伤。

"这都怪你!"画家喊道,"你叫我画上昆虫的!昆虫把整个森林给吃光了!"

"当然!"小老人说,"当然要把整个森林给吃光了的。连我都差点让它们给吃掉了。"

"怎么办?"画家绝望地叫道,"难道说我永远也画不出一片真正的森林了?"

"如果你不画鸟的话,"小老人说,"那你就永远也画不出真正的森林。因为真正的森林是不能没有鸟的。"

画家不跟他争论,又在画上画了些活泼的鸟儿。

画家画了很久,尽力设法什么也不忘记。最后,他认为画已经画完了,刚想放下画笔,小老人说:"我挺喜欢这片森林。我不希望它再枯死……"

"还缺点东西。"小老人说,"你应该画上癞蛤蟆、青蛙、蜥蜴。"

"我不画!"画家坚决地说。

"你必须画！"小老人果断地说。

画家只好画上了癞蛤蟆、青蛙和蜥蜴。他画完时，天已经黑了。画家想点灯看看自己画得怎样，这时他忽然听见一阵"窸窸窣窣"声、"吱吱"叫声、打响鼻声。

"这回是一座真正的森林了，"小老人从黑暗里说，"这回它死不了啦。因为这儿什么都有了：树木、青草、野花、蘑菇、动物。这才是森林。"

画家点上灯，仔细看看画。这时，林中小老人已经不知去向了。

知识链接

森林是"地球之肺"，是人类的资源宝库。它能净化空气，保护土壤，涵养水源，调节气候，制造氧气，消除噪声，促进生态平衡。

神奇的琥珀

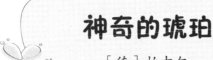

［德］柏吉尔

这个故事发生在很久很久以前，约摸算来，总有一万年了。

一个夏天，太阳暖暖地照着，海在很远的地方翻腾怒吼，绿叶在树上"飒飒"地响。

一只小苍蝇展开它的绿翅膀，在太阳光里快乐地飞舞着。后来，它"嗡嗡"地穿过草地，飞进树林。那里长着许多高大的松树，太阳照得火热，可以闻到一股松脂的香味。

那只小苍蝇停在一棵大松树上。它伸起腿来掸掸翅膀，拂拭那长着一对红眼睛的圆脑袋。它飞了大半天，身上已经沾满了灰尘。

忽然有只蜘蛛划着长长的腿慢慢地爬过来，想把那苍蝇当作一顿美餐。它小心地划动它的长腿，沿着树干向下爬，离小苍蝇越来越近了。

"啊呀！这只小苍蝇并不大，除去翅膀和腿，剩下的就很少了，不过少归少，千万不能让它那双大眼睛发现了，否则，它一飞走，我的美餐就要落空了，说不定要饿上一整天呢？"蜘蛛想。

小苍蝇不住地掸它的绿翅膀，刷它的圆脑袋，一点儿也不知道蜘蛛越来越近了。

晌午的太阳热辣辣地照射着整个树林。许多老松树渗出厚厚的松脂，在太阳光里闪闪地发出金黄色的光彩。

蜘蛛刚扑过去，一件可怕的事情发生了。一大滴松脂从树上滴下来，刚好落在树干上，把苍蝇和蜘蛛一齐包在里头。

小苍蝇不能掸翅膀了，蜘蛛也不再想什么美餐了。两只小虫都淹没在老松树的黄色的泪珠里。它们前俯后仰地挣扎了一番，终于不动了。

松脂继续往下滴，盖住了原来的，最后积成一个松脂球，把两只小虫重重包裹在里面。

几十年，几百年，几千年，时间一转眼就过去了。成千上万只绿翅膀的苍蝇和八只脚的蜘蛛来了又去，去了又来，谁也不会想到很久很久以前，有两只小虫被裹在一个松脂球里，挂在一棵老松树上。

后来，陆地渐渐沉下去，海水渐渐漫上来，逼近那古老的森林。有一天，水把森林淹没了。波浪不断地向树干冲刷，甚至把树连根拔起。树彻底失去了生机，慢慢地腐烂了，剩下的只有那些松脂球，淹没在泥沙下面。

又是几千年过去了，那些松脂球成了化石。

海风猛烈地吹，澎湃的波涛把海里的泥沙卷到岸边。

有个渔民带着儿子走过海滩。那孩子赤着脚，他踏着了沙里一块硬东西，就把它挖了出来。

"爸爸，你看！"他快活地叫起来，"这是什么？"

他爸爸接过来，仔细看了看。

"这是琥珀，孩子。"他高兴地说，"有两个小东西关在里面呢——一只苍蝇，一只蜘蛛。这是很少见的。"

在那块透明的琥珀里，两个小东西仍旧好好地躺着。我们可以看见苍蝇的翅膀和蜘蛛的长腿，甚至可以清晰地看见它们身上的每一根毫毛。还可以想象它们当时在黏稠的松脂里怎样挣扎，因为它们的腿的四周显出好几圈黑色的圆环。

从那块琥珀，我们可以推测发生在一万年前的故事的详细情形，并且可以知道，在远古时代，世界上就已经有苍蝇和蜘蛛了。

知识链接

琥珀，由地质时期的植物树脂经石化而成的有机宝石。包裹有昆虫者尤为珍贵。非晶质，透明至半透明块体，呈不规则或泪滴状。蜡黄至红褐色，也可为白色，树脂光泽。性脆，具贝壳状断口，硬度2~2.5，密度1.06克/厘米^3。燃烧时发出特殊的芳香味。

第四辑
生活与科技探奇

狐狸卖鸡蛋的时候耍了什么花招?小青蛙一家的命运会怎么样?小猴吃瓜子、小熊吃鱼时各遇到什么情况?

科技推动着社会的进步。

科技改变着人们的生活。

解决生活中的科学难题,以及人们的科学发明、科学创造和探索,都需要我们掌握科学知识。

下面的故事中都蕴含着丰富的科学知识,教你探索的方法。精彩故事等你品读,科学奥秘等你探究。

宇宙中的超级恐龙——黑洞

张小平

宇宙中的黑洞，是不是一个巨大无比的窟窿呢？不是的。

黑洞是宇宙中最神秘的天体，它的密度大得惊人，每立方厘米就有几百亿吨甚至更高。黑洞的引力也特别强。不管什么东西，只要被它吸进去，就别想出来，就算是跑得最快的光也逃脱不掉黑洞的巨大引力。

20世纪60年代，科学家从理论上提出，在星系的中心应该存在超大型的黑洞，它们的质量同太阳相比，要大几百万倍到数十亿倍！可是，在美国的哈勃太空望远镜升空之前，人们并没有直接观测到巨大黑洞存在的天文证据。

自从1990年哈勃太空望远镜升空并开始工作后，它在数个星系的中心都发现了高速旋转的气体，这让科学家们十分兴奋，因为他们得到了计算天体质量的"钥匙"。天体在公转的时候，都要满足开普勒定律。根据开普勒定律，天体旋转的速度与质量的平方根成正比，与旋转半径的平方根成反比。因此，观测天体的旋转速度和旋转半径，就能求出天体的质量。利用开普勒定律，科学家们计算后发现，在星系中心高速运动的气体所围绕的区域中，正是理论上所预言的超大型黑洞的藏身之处。

比如，在M87星系中心直径15光年内的区域里，包含了达太阳质量30亿倍的天体；在另一个星系的中心半径300光年内的区域里，包含着太阳质量20亿倍的天体。显然，这些天体都属于超大型黑洞。

超大型黑洞的形成需要庞大的质量，因此它也许是由许多小黑洞聚集而成的。科学家认为，即使两个星系不合并，靠得很近的星系之间的相互作用也能使星系旋转不稳定，导致气体如漏斗般向核心聚集，点燃了围绕核心的星暴。星暴星系指的是有大量恒星快速诞生的星系。普通的星系中，比如银河系也形成恒星，但是形成的速度很慢。而在星暴星系中，恒星的形成却是很快的，如果星暴星系能够保持稳定，它内部形成新恒星的宇宙气体消耗的速度也是非常快的。

星暴星系以迅猛的速度产生新星，同时又以迅猛的势头引起超新星爆发。最终，产生了大量的超级黑洞。这些黑洞再集合周围气体，变成质量更大的黑洞。科学家推测，这些距离很近的黑洞有可能会相互合并，形成更为巨大的黑洞。

科学家认为：地球绕太阳旋转而没有被太阳吸过去，是太阳的质量还不够大，地球的角动量能够保持持续公转。

从1997年开始，科学家们在北半球安置了10台无线电望远镜组成的阵列，经过一年半的观测，在距离地球2.6亿光年远的仙女座星系的中心，他们发现了黑洞吞噬物质所产生的射电。追溯射电的源头，可以发现这个源头在以1.05光年为周期，以长轴在0.3光年左右的椭圆轨道绕着另一个天体旋转，而两个天体的质量之和是太阳的100亿倍！在直径只有约1光年的狭窄空间中，存在这么大的质量的天体，科学家只能认为，这两个天体都是黑洞。这是世界上首次发现两个超大型黑洞像双星那样近距离共存。

科学家预测，这两个黑洞将在1万年后合并。

可是，如此巨大质量的黑洞是怎么形成的呢？有的科学家认为，太阳这样的普通恒星可以通过星云凝集来形成，可是超大型黑洞却似

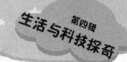

乎无法从这种集腋成裘的方式中诞生。

黑洞研究引起人们兴趣的一个重要原因是，时间和空间在黑洞中消失，这意味着通过黑洞有可能将我们现在的时间和空间连接到另外一个时间和空间，时间旅行有可能实现。

再过50亿年，太阳将近入晚年，最后，有可能演化为一个黑洞，那时，地球会变成怎样一种情形呢？

黑洞留下了很多谜，值得我们进一步探索。

知识链接

"黑洞"是天体名称，它是由质量足够大的恒星在核聚变反应的燃料耗尽后，发生引力坍缩而形成。黑洞的质量是如此之大，它产生的引力场是如此之强，以至于任何物质和辐射都无法逃逸，就连传播速度最快的光也逃逸不出来。

狐狸卖鸡蛋

陈龙银

因为一向喜欢坑蒙拐骗，所以狐狸是卖什么赔什么。可他仍然不思悔改。这不，他最近看了一本科普书，又做起了卖鸡蛋挣钱的美梦。

这天一大早，狐狸就摆好摊位，扯着嗓子吆喝起来："卖鸡蛋了！卖鸡蛋了！神奇的高科技鸡蛋，蛋壳坚硬，铁锤砸不烂，不信现场试试看！"

听狐狸这么一说，大家觉得很好奇：铁锤砸不烂鸡蛋，这不可能呀？既然狐狸说可以现场试试看，那就看看吧。大家都抱着看热闹的心态围了过来。

见围观的动物越来越多，狐狸兴奋极了，他感觉眼前好像摆满了金钱。

他麻利地将1块棉垫铺到地上，又在垫子上挨个儿摆了2排共6枚鸡蛋，在鸡蛋上小心地铺上1块木板，再在木板上垒起5块红砖。

狐狸的动作十分娴熟，一看就知道是经过多次演练的。

经过一番摆弄，狐狸感觉万无一失了，便直起腰，拍了拍手，脸上露出扬扬自得的神情。

"各位看到了吧，我卖的鸡蛋放上几块砖，一点儿事没有。"狐狸转着眼珠说。

"这没什么稀罕的，谁都能做到。"有的动物不屑一顾地说。

"说得对！这个确实没什么了不起的。我现在要做的事可不一般，请大家看好了！"狐狸提高了嗓门叫道，同时举起了双手。

围观的动物伸长了脖子，目不转睛地看着。只见狐狸拿起备好的小铁锤，高高举起，一下子砸了下去。

"噢——"围观的人群发出了一阵惊叹声。

狐狸砸了好几下，奇迹真的出现了——红砖碎裂了。他接着抹去木板上的碎砖，掀掉木板，下面的6枚鸡蛋竟然完好无损！

"各位请看！"狐狸扬扬得意地说。

"太神奇了！太精彩了！"大家纷纷鼓掌，啧啧称赞。

见大家都很兴奋，狐狸更加得意了。他双手抱拳，绕场一周，表达谢意。

接着，他清了清嗓子，满脸堆笑地说："这个试验说明了什么？说明了我卖的鸡蛋蛋壳绝对厚实，只有高科技鸡蛋才会这样。"

"是啊！是啊！"大家点头认可。甚至有动物要掏钱购买了。

看大家的购买热情这么高，狐狸故作神秘地说："这种鸡蛋进货价很高，我怕各位承受不了。"

"没关系，贵有贵的道理。"不少动物并不在乎价格。

"不过也不是贵得太离谱，比市场上普通鸡蛋也就贵1倍吧。"狐狸装出轻松的神情。

"行！行！"大家表示认可。

眼看着狐狸的鬼把戏就要得逞了，突然传来一声高叫："大家别急！我有话说。"大家抬头一看，猩猩先生挤了进来——他是动物们所熟悉的颇有学问的老师。

"狐狸的试验没什么了不起的。我来告诉大家其中的道理。"猩猩老师拿起1枚鸡蛋说，"鸡蛋没有碎，那是因为木板、砖块、铁锤和它

们向下运动产生的力,同木板向上的弹力基本相同。也就是说,虽然有5块砖,但它上面有木板,下面又垫了棉垫,所以小铁锤砸下去给鸡蛋的冲力并不大。并不是只有狐狸卖的鸡蛋可以做这种试验,别的动物家卖的都可以做。如果各位不信,你们可以动手试试看。"

"啊?原来是这么回事呀!"动物们听了猩猩老师的讲解,这才明白过来,"这狐狸只不过是利用我们不懂其中的科学道理,欺骗我们呀!"

在大家的指责声中,狐狸夹着尾巴,逃走了。

知识链接

我们平时说的"力"有许多种。如果从力的性质来看,就有重力、弹力、摩擦力、电场力、磁场力,等等;如果从力的作用效果来看,就有压力、支持力、张力、动力、阻力、向心力,等等。

小青蛙的一家

梁 子

天刚亮,青蛙爸爸和青蛙妈妈带着小青蛙,一块儿到田里捉虫。突然,他们发现,田埂上躺着几只青蛙,身体僵硬,一动不动。青蛙爸爸急忙跳过去,摸了摸,闻了闻。啊!都死了,嘴里散发出浓烈的农药味。

"快回水塘去,这里有农药!他们都被毒死啦!"青蛙爸爸连忙跳回来,神情紧张地对青蛙妈妈和小青蛙说。

"有农药?这是怎么回事呢?如果我们现在回去,田里的害虫怎么办呢?"青蛙妈妈又惊奇,又着急。

"害虫有的被毒死啦,活下来的以后再捉吧。我们现在要是进去,也会被毒死的。"青蛙爸爸说。

于是,他们又回到了水塘里。

不久,一个戴草帽的人走了过来。看见水塘里的青蛙,他气愤地叫道:"该死的青蛙!不去捉害虫,却躲在水塘里,还不如拿你们喂鸭子!"

说着,他唤来了许多只鸭子。鸭子们追着青蛙,青蛙们只好跳上岸,往田里去。

可是,田里的药味呛得他们直恶心,他们只得又躲进土洞里。这时,不远处传来了害虫的说话声:"戴草帽的人昨天傍晚又来喷洒农药,他一周喷了两次。"一只害虫一边吃着稻子,一边兴奋地说。

"他是个傻瓜!他不知道我们都已经习以为常了,农药对我们毫无办法!哈哈!"另一只害虫得意洋洋地说。

"可恶的家伙,我去捉了他们!"青蛙妈妈听了害虫们的话,气愤地说。

"水里有农药,露水里也有。我们碰了,吃了,会中毒的。不能去!"青蛙爸爸连忙劝阻。

可青蛙妈妈没有听,还是跳了过去,吃掉了害虫,然后回到洞里。青蛙爸爸见她平安无事,也放心了。

突然,不远处又传来叫声,原来是四五只害虫在打着赌吃稻子。青蛙爸爸和青蛙妈妈见了,"呱呱呱",一块儿扑过去,吃掉了他们。

"这里的害虫太多啦。"青蛙爸爸心里很是着急。

"我们不能总是躲在洞里,应该出去,把他们消灭掉!"青蛙妈妈语气坚决地说。

青蛙爸爸点点头。他们让小青蛙留下,便一块儿出了洞,消失在碧绿的水稻丛里。

小青蛙在洞里等呀等,等到烈日当头,爸爸和妈妈还没有回来,等到日落西山,仍不见他们的踪影。小青蛙着急了,他决定出洞去寻找。

"呱呱呱,爸爸、妈妈!呱呱呱,爸爸、妈妈!"

小青蛙边跳边叫,可是四周一片寂静,没有回音。

小青蛙跳着叫着,突然发现,前面有两只青蛙趴在地上,一动不动,像在捉虫,又像在睡觉。小青蛙急忙跳过去一看,啊,正是自己的爸爸和妈妈!

"爸爸!妈妈!"小青蛙大声叫喊。

只见青蛙爸爸和青蛙妈妈微微动动身子,说:"孩子,我们吃掉了许多害虫，可我们也中毒了。以后，你要多捉虫……但要小心……"

话还没说完，青蛙爸爸和青蛙妈妈就都死了。

小青蛙伤心地哭叫着。他哭了整整一夜，哭红了眼睛，哭落了星星。天亮了，小青蛙才跳进水塘里。

早晨，戴草帽的人又来了。他见田里的害虫少了许多，高兴地笑了。突然，他看到田边躺着两只僵硬的青蛙，气愤地说："真倒霉！"随即拾起他们，扔进了远处的水沟里。

知识链接

蛙类分布在除加勒比海岛屿和太平洋岛屿以外的全世界。现如今，青蛙在全世界迅速地减少，主要原因是环境污染造成的，还有气候的变化，以及由于人类扩张造成青蛙栖息环境的缩小等。

小猪减肥

张雪飞

为了减肥,小猪吃完饭就开始跑步。他快速地跑了一阵后,突然感觉肚子痛。他只得蹲在路边"哎哟,哎哟"地叫。

路过的小羊问明情况后,让他坐下来休息。一会儿,小猪感觉好多了。

"锻炼也要讲科学,你吃完饭就跑步,对健康是不利的。"小羊说。

"锻炼也有学问?"小猪觉得有些奇怪。

"那当然。"小羊肯定地说。

"那你能说说吗?比如,锻炼前应做些什么准备?"小猪问道。

"体育锻炼前,可以扭扭腰,散散步,蹦蹦跳跳,伸伸手,踢踢腿,也可以做做操,慢跑一会儿。然后还应根据将要进行的运动项目,做些专门的准备活动。例如,如果要游泳,可以伸臂踢腿,用毛巾擦擦身,用水淋一下身体。如果要去打篮球,可以练习传球、运球、抛球等。准备活动的时间一般以20分钟为宜,但这也并非绝对,也可根据季节、天气状况、运动项目等作些调整。一般冬季运动时间宜长些,夏季运动时间可短些。活动强度也要因人而异,身上觉得暖和了,并微微出汗即可。除此之外,运动前应做好思想准备,全身心投入到运动中,集中精力。"小羊一口气说了许多,"当然,饭后半小时内最好不要做剧烈运动。"

"那么锻炼中要注意什么呢?"小猪觉得小羊的话很有道理,接着问。

"首先，要注意安全。"于是小羊介绍了下面几点安全常识：

"参加体育锻炼时身上不能携带尖锐的物体，如小棒、刀子、笔等，不戴首饰；穿宽松的衣裤，不穿皮鞋、高跟鞋；要在安全地带活动，如跳高、跳远和做体操时，应在沙地上或棉垫上进行，不要在硬地上进行；跑步、踢球应在运动场上进行，不要在马路上进行；校外体育活动如远足、登山、游泳等要有安全保护措施；运动器材要经常进行安全检查；运动中要及时纠正不正确的技术动作等；运动中要遵守纪律，不推搡，不打闹，不要站在不安全地带。例如投铅球时，不要靠近投球者，更不能站在其正前方；他人跳远时，你不要站在沙池中，不要干扰他人；在练习跳马、单双杠时，一定要有专人保护，以防摔下。

"此外，要因人、因时确定体育锻炼强度和运动量。"于是小羊又讲了好几条，"我们运动的时间一般以半小时至1小时为宜，时间不宜过长；运动时，不能一味只求快速达标而不考虑自身因素，要循序渐进；不要做单调、长时间紧张用力的活动，应做一些有一定活动性但较缓和的运动；生病时不要参加体育锻炼，身体不适时运动量要减少，并注意休息。饭前饭后不要做剧烈运动；夏天进行体育锻炼时，要避免太阳直射，可在室内或室外树荫下进行；要合理安排时间，主要应在早晚进行锻炼；运动量不宜太大，时间不要太长；冬季进行体育锻炼应防冻伤，早晨太冷时应戴上手套、口罩，运动后要注意保暖。"

"体育锻炼后应该不用注意什么了吧？"小猪的问题真不少。

"那也不是。运动后也要注意几点：首先，不要大量饮水。因为在运动中会大量出汗，失去许多水分和盐分，但饮水过量是不利的。

因为水分被胃肠吸收后又经汗腺排出，使盐分进一步丧失，很容易引起水中毒。如果饮水过量，还会冲淡消化液，增加血流量，加重心脏负担，运动后应少量多次饮水，水中可放少许食盐。其次，运动后应做些整理运动。"小羊说得很详细。

"你懂得真多，谢谢你，小羊！"通过这件事，小猪掌握了不少知识，心里当然是美滋滋的。

知识链接

减肥属于以减少人体过度的脂肪、体重为目的的行为方式。体重超标的肥胖人群可以采用跳舞、瑜伽、体育锻炼等方法进行减肥。

小猴吃瓜子

周 虹

小猴边吃瓜子边说笑,突然被瓜子卡住了嗓子,他大张着嘴咳嗽,脸涨得通红。

熊伯伯看见了,连忙让他弯起腰,放低头,用力咳嗽。熊伯伯同时用手拍打小猴的背。不一会儿,小猴终于将瓜子咳了出来。

他一边喘着粗气,一边向熊伯伯道谢。

熊伯伯说:"以后可得注意了,吃东西时不要说话,也不要打闹。如果在吃饭或口含小物体时说话、哭闹、嬉笑,十分容易将食物或放在口中的小物体吸入气管。"

小猴十分后怕地说:"刚才是不是很危险啊?"

"是啊。"熊伯伯说,"气管内如果有异物可引起呛咳、吸气性呼吸困难等。当异物将气管完全堵住时,立即会出现严重的呼吸困难,如不能及时取出,十几分钟就可造成死亡。"

小猴害怕得睁大了眼,说:"熊伯伯,您再说说如何预防气管异物发生吧。"

熊伯伯耐心地说:"要做到这样几点:吃饭、吃水果、吃零食时都要细嚼慢咽,不要狼吞虎咽,更不要说笑打闹;吃刺激性食物时,吞咽要有控制,以防不慎造成气管异物;不要躺着吃东西;不要口含小物品玩耍;不要吸吹气球。"

"要是气管进了异物应该怎么处理呀?"小猴想了解更多的

知识。

"你真是个好学上进的孩子!"熊伯伯高兴地说,"教你这样几种方法:有严重气管异物者,可能完全不能呼吸,必须尽快抢救;立即取出口中食物,鼓励其咳嗽,争取把堵塞物咳出;以上办法均无效时,可以让其坐着或站着,向前弯腰,使头部低于胸部,用手使劲拍打其背部,造成其不自主的咳嗽;要是异物无法排出,应迅速送医院急救。"

"谢谢您!"小猴紧张的心情放松多了,"通过这件事,我要吸取教训。更让我高兴的是,我从您这儿学到了不少知识呢。"

知识链接

"呼吸系统"是人和动物与外界空气进行气体交换的一系列器官的总称。水生动物多用鳃呼吸,陆生动物则用肺或气管呼吸。人和哺乳动物的呼吸系统,由传送空气的呼吸道(包括鼻、咽、喉、气管、支气管等)和执行气体交换的肺组成。

小熊吃鱼

吕 明

小熊吃鱼,一不小心,被鱼刺卡住了。

大熊说:"快吃点青菜,不用嚼,直接吞咽,把刺带下去。"

熊妈妈听见了,赶紧制止:"这样做更危险。赶快去医院。"

医生把鱼刺取了出来。小熊感觉好多了。

通过这件事,熊妈妈觉得有必要向孩子们介绍一下有关食道异物的知识。

她对孩子们说:"食道异物的产生可能是由于鱼刺、骨头渣扎入扁桃体或其附近的组织而引起吞咽时疼痛加剧;也可能是由于误吞了一些异物,如枣核、纽扣、徽章、玻璃球等,在这些东西里,有些是带刺的,有些个儿较大,误吞以后,往往容易卡在食道里,食道常有明显的疼痛,吞咽时加剧,甚至会出现吞咽困难。这时我们必须妥善处理。"

"该怎么做呢?"大熊、小熊问妈妈。

"鱼刺卡喉后,最好及时去医院救治。医生会采取多种方法取出鱼刺的。切不可用吞饭团、菜团的方法,因为吞饭团、菜团可能会使鱼刺刺得更深,若刺到大血管,后果将十分严重。"妈妈认真地说。

"我刚才让小熊弟弟吞菜叶真危险啊!"大熊有些后怕了。

"是啊。"妈妈接着说,"如果卡在食道里的是其他异物,如糖块、玻璃球等,会使我们局部疼痛、憋胀,咽东西感觉不适。最好也不要

自行处理,而应立即去医院治疗。为使异物早日从大便中排出,可让其多吃一些粗纤维的食物,如韭菜、芹菜、香蕉等,必要时也可用一点泻药。如果较长时期异物仍然无法排出,就应再送医院处理。"

"我下次吃东西会注意的。"小熊不好意思地说。

"进餐时要细嚼慢咽;吃含有刺、骨的菜时要仔细;不要将小玩具含在口中,以免其滑进食道。"妈妈补充道。

大熊、小熊同时点了点头。

知识链接

食道是人和动物消化管道的一部分。上接咽,下通胃,紧贴脊柱的腹侧,具有输送食物的作用。长短因颈部和胸部的长度而异,一般以鱼类为最短,爬行类较长,鸟类则最长。成人的食管长约25厘米。